——诺奖童书——

红襟鸟

〔瑞典〕塞尔玛·拉格洛芙 著
〔美〕薇拉·克莱尔 绘
张国辉 译

人民文学出版社

图书在版编目(CIP)数据

红襟鸟/(瑞典)拉格洛芙著;张国辉译.—北京:人民文学出版社,2015
(诺奖童书)
ISBN 978-7-02-011221-0

Ⅰ.①红… Ⅱ.①拉… ②张… Ⅲ.①儿童故事-作品集-瑞典-现代 Ⅳ.①I532.85

中国版本图书馆 CIP 数据核字(2015)第 271307 号

责任编辑:甘 慧 尚 飞 王雪纯
装帧设计:李 佳

红襟鸟
〔瑞典〕拉格洛芙 著 张国辉 译

出版发行	人民文学出版社
社 址	北京市朝内大街 166 号
邮政编码	100705
网 址	http://www.rw-cn.com
印 刷	山东临沂新华印刷物流集团
开 本	890mm×1240mm 1/32
印 张	7.5
字 数	99 千字
版 次	2016 年 4 月第 1 版
印 次	2016 年 4 月第 1 次印刷
书 号	978-7-02-011221-0
定 价	28.00 元

版权专有,侵权必究。如有图书质量问题,请与出版社联系调换。

目录

圣诞夜	1
王的异象	9
博士之井	18
伯利恒的孩子	31
逃亡埃及	58
在拿撒勒	68
在圣殿中	75
圣维罗尼卡的头巾	94
红襟鸟	160
主与圣徒彼得	169
圣火	182

圣诞夜

五岁时,我经历了一次巨大的痛苦,后来我几乎再也没有经历过比这更痛苦的事。

那年,我奶奶去世了。以前,她每天都会坐在她房间角落里的沙发上给我们讲故事。

奶奶常常从早一直讲到晚,我们这些孩子就静静地坐在她身边,仔细地听。对一个孩子而言,那是多么快乐的生活,没有任何孩子会像我们那样幸福。

我清楚记得奶奶满头雪白的头发,走起路来有点驼背,常常坐在那儿织袜子。

她每次讲完一个故事之前,都会摸着我的头跟我说:"这个故事可都是真实的,就像我看到你,你看到我一样真实。"

她很会唱歌,尽管不会每天都唱。其中一首歌是关于骑士与海魔的,里面有一句重复的歌词:"海面吹着寒冷、

寒冷的空气。"

她会教我做一个简短的祷告,然后再教我一首赞美诗的一个诗节。

她讲过的每一个故事在我的记忆中几乎都是模模糊糊,并不完整的。但是有一个故事,我却记得清清楚楚,甚至能背诵出来,那就是关于耶稣诞生的故事。

这基本上就是我对奶奶所有的记忆了。然而让我记忆最深刻的是,失去奶奶之后那种强烈的孤独感。

那天早上,她房间角落里的沙发空空荡荡。我已经不记得那些日子是怎么度过的了,不过却清楚地记得自己一直在提醒自己永远不能忘记那一天!

大人们把我们这些孩子带到奶奶遗体前,要我们亲吻奶奶的手。我们没有人敢亲,不过有人告诉我们说,那是跟奶奶说谢谢的最后一次机会了。

对我而言,在那个房间听到的所有故事和诗歌都好像被一起关进了那黑色的盒子里,永远都没有了。

我才意识到生活中少了些什么,就像是一扇我们曾经

红襟鸟

可以自由进出的,通往美丽、奇幻世界的大门向我们关闭了似的。

我和其他孩子渐渐地学会了玩布娃娃和各种玩具,就像普通的小孩子一样生活着。我们好像渐渐把奶奶忘记了,也慢慢地不会再想到她。

然而,四十年后的今天,当我坐在这里准备收集关于基督的传奇故事时,我却想起了儿时奶奶常常讲的耶稣诞生的故事。我很想重新讲一遍,也让奶奶的故事出现在我的故事集中。

那天是圣诞节,除了我和奶奶,所有人都去教堂了。房间里就只剩下我和奶奶。我们一个年纪太大,一个年纪太小,都未被准许出门。因为没有听到早上做弥撒时的诗歌,也没有看到圣诞的蜡烛,我们俩都特别难过。

后来,我们坐了下来,奶奶就讲起了故事。

"有一个人,"她说,"曾经在深夜里去寻找火炭生火。他挨家挨户敲门。'您好,帮帮我吧,'他说,'我太太刚生了一个孩子,我必须要生火给她取暖。'"

诺奖童书

"但是深更半夜的,大家都睡着了,没有人给他开门。

"那人走啊走啊,最后看到了远处有一片火光。他就朝着那个方向走,看到了火是在一个空旷的地方燃烧着,而这火的周围是一个羊群。一个牧羊人坐在旁边看守着羊群。

"当借火的那人走到羊群旁边,他看到在牧羊人脚旁睡着三条狗。那人刚一走近,那三条狗突然醒了,张开大嘴,好像要叫起来。不过它们没有叫。那人注意到那些狗身上的毛全竖了起来,白白、尖尖的牙齿在火光中发亮。它们朝那人扑了过来。那人感觉其中的一条咬住了他的腿,一条咬住了他的手,还有一条咬住了他的喉咙。但是,它们的嘴巴和牙齿都仿佛失去了本来的作用,那人毫发无伤。

"现在,那人准备走过去取火,不过那些羊一只一只背靠背,挨得太近,根本就穿不过去。但那人却踩在它们的背上跨了过去,走到火旁。没有一只羊醒来,甚至连动都没有动一下。"

至此,奶奶在讲的过程中还一直都没有中断过。但讲到这儿,我忍不住打断奶奶:"怎么会一动不动呢?"

红襟鸟

"等会儿你就知道了。"奶奶回答，然后又接着讲了起来。

"那人马上要走到火旁，牧羊人抬头看了看。那牧羊人可是个脾气暴躁的倔老头，对人苛刻无礼。看见一个陌生人出现在面前，他就拿起手中驯羊的杖朝那人扔了过去。杖磨得尖尖的，每次放羊时他都会拿在手上。那杖正朝着那人射去，不过快要伤到那人时，突然转了弯，射到远处的草地上。"

奶奶讲到这里，我又打断了她。"奶奶，那杖为什么不会伤害人？"奶奶继续讲了下去，没有回答。

"这时那人走到牧羊人的面前对他说：'好心人，帮帮我吧。借我点火。我太太刚刚生了孩子，我得生火给母子俩取暖。'

"牧羊人很想拒绝他，不过想到狗不伤他，羊不怕他，手上的杖也不射他，牧羊人有点害怕，不敢拒绝。

"'随便取，想取多少就取多少。'他告诉那人。

"但是那时，火几乎要灭了。柴火都烧完了，只剩下

诺奖童书

了一堆火炭。那人既没有锹,也没有铲来取走那些烧得红红的火炭。

"牧羊人看在眼里,又说一句:'随便取,想取多少就取多少。'想到那人根本就没有办法取走任何火炭,牧羊人格外高兴。

"但是那人弯下腰徒手就取了火炭,用披风包了起来。那人手没有伤到,披风也没烧着,简直就像装走了一袋苹果或者果仁一样。"

讲到这儿,奶奶第三次被打断了。"奶奶,那人怎么不会被火炭伤到呢?"

"继续听。"奶奶回答,然后就继续讲了起来。

"这个冷酷无情的牧羊人看到这个场面,心里想:'狗不咬他,羊不怕他,杖不射他,火不烧他,今晚到底发生了什么事?'他叫住了那人,对他说:'今晚发生了什么事?为什么上天对你如此怜悯?'

"那人回答说:'您自己如果不明白,我也没办法告诉您。'他想快点上路,好赶回家为妻儿生火。

红襟鸟

"但牧羊人非要明白那晚的预兆,否则不愿让那人离开视线,所以就一直跟着那人到了他居住的地方。

"牧羊人看到那人住的既不是棚,也不是屋,而是一个冷冰冰什么都没有的石头山洞,而他的妻子和孩子就躺在山洞里。

"牧羊人心想,这可怜的孩子很可能会在山洞里冻死的。尽管牧羊人无情又无义,但在那一刻,他很想帮助那人,因为他已经被眼前的一切所感动。他解开肩上的背包,那可是用一块纯白色的羊皮做的非常柔软的背包。他把背包递给了那人,让他垫在孩子的身下。

"当牧羊人去关爱他们时,他突然发现自己的眼睛一亮。他看到了以前未曾看见的情景,听到了以前未曾听到的声音。

"他看到自己身边围着一圈天使,他们长着小小的银白色翅膀,个个都握着一把弦乐器,在一同高声颂赞,救主今晚已经诞生,他会将世间万物从罪恶中救赎。

"然后他才明白,今夜万物是因为欢喜,而不愿出任

何差错。

"不仅牧羊人的身边有天使,山洞里,高山上,天地之间,到处都有天使在飞翔。他们互伴而来,停了下来看了看这个孩子。

"他们欢喜雀跃,唱诗歌颂!这是牧羊人在深夜所看到的,不过在这之前,他什么也不明白。他因自己的眼睛变亮感到非常开心,他双膝跪下,向上帝表达了自己的感恩。"

这时,奶奶感慨道:"牧羊人所看到的,我们也会看到,因为天使会在圣诞夜的晚上从天而降,希望我们也能够看见。"

奶奶摸了摸我的头说:"一定要记得,这些都是真的,就好像我看到你,你看到我这样真实。这种看见,不是因为有灯光或者蜡烛,也不是因为有太阳或者月亮,乃是因为我们需要看见,也可以看见上帝的荣耀。"

王的异象

故事发生在奥古斯都作为罗马帝王,而希律王在统治耶路撒冷的时期。

那是一个神圣的夜晚,而那晚漆黑无比,黑得就像整个世界掉进了一个巨大的地窖一般。江河与水面变得无法分辨,熟悉的大街小巷都变得会让人失去方向。星星宅在了自己的家,月亮捂住了自己的脸,一丝丝的亮光都看不见。

除了黑暗,有的只是沉默和寂静。河不流,风不动,树叶连晃都不晃一下。走在海边,你会发现海浪拍都不拍一下;行在沙漠,脚下的沙子响都不响一声。一切好像都静止了,像石头一样一动不动,生怕搅扰到这个神圣的夜晚。

小草不愿长,露水不愿降,花连香气都吐不出一口。

这个夜晚,兽不猎,蛇不攻,犬不吠。让人更加惊奇

的是,一切都好似不想打扰到这神圣的夜晚,没有一把钥匙要去开门,也没有一把刀要去剁肉。

在罗马,在这个特别的夜晚,一小群人从帕拉蒂尼山的王宫出来。他们穿过集会场所边那条去往国会山的小巷。白天议员们刚刚就是否要在罗马的圣山上建造宫殿这个问题问过王的意见。不过,奥古斯都却没有立即给他们意见。他不知道如果在众守护神的附近建造一座宫殿,众神是否会同意。他回答说他首先借着向守护神献祭的方式来了解是否可以满足那些议员们的愿望。所以,在几个信任的朋友的陪同下,他就启程准备献祭。

奥古斯都是让人用轿子抬着去的,因为他年纪已经很大了,去爬那些通往国会山的台阶确实有些困难。

他自己拎着笼子,里面放着献祭用的鸽子。没有牧师、没有士兵也没有议员的陪同,只有他亲近的几个朋友。火炬手走在他面前为他照亮道路,后面跟着的是几个奴仆,他们带着架子、刀、木炭和圣火,以及其他所有献祭要用的物品。

红襟鸟

一路上，王和陪同们开心地聊着天，所以没人注意到这夜是如此的寂静。只是当他们到了国会山的最高处，来到那块他们决定要建圣殿的空地时，他们才发觉有些不寻常的事情即将发生。

那个夜晚跟平时不同，因为在悬崖的边缘，他们看到了一个超乎想象的东西！起初他们认为那是一根古老的、弯弯的橄榄树干。不过后来，他们觉得是朱庇特庙里一个古老石像来到了悬崖。最后，他们发现那显然是一个女先知。

他们从没见过如此历史悠久，如此饱经风霜，如此形状巨大的东西。这个老妇人如此令人肃然起敬！如果不是有王在，他们肯定都一个个逃回家里去了。

"这就是她，"他们低声对彼此说道，"她已经在那里生活很多年了，年数就像她故乡海岸的沙粒一样数不清了。她为什么要在今晚出动呢？她会把预言写在树叶上，也知道风会将神晓谕的话带给那些他要晓谕的人。关于王和帝国，她又能预知什么呢？"

如果女先知动一动,他们会害怕到想要跪下磕头。但是,她坐在那里一动不动,好像死了一样。她蜷缩在悬崖的最外缘,用手捂着自己的眼睛,从缝隙中瞄着这个夜晚。她坐在那里就好像自己已经爬上了山的最高峰,而且可以清楚地看到远处所发生的一切一样。只有她可以在这样的夜晚里看得清楚。

　　在那一刻,王和他的随从都在谈着这个夜晚的漆黑与幽静。台伯河的水声都听不见了,空气简直可以把他们闷死。他们额头直冒汗珠,双手已经麻木无力。他们担心,或许有什么可怕的灾难即将发生。

　　但没有人想显露出自己的担心害怕,每一位都跟王说这是好兆头。整个大自然都屏住了呼吸,要迎接一个新的神。

　　他们劝告奥古斯都尽快献祭,说女先知显然已经在迎接他的守护神了。

　　但事实上,女先知却是沉浸在异象中,根本就不知道奥古斯都已经到了国会山。她的精神到了远处的一个地方。

红襟鸟

她想象着自己在一片广阔的平原上徘徊。在黑暗中,她的脚不断地踢着某个东西,她自己觉得那是一丛草。不过当她弯下腰,用手去摸的时候,她发现那不是草,而是羊。而她其实走在一大群睡着的羊中间。

然后,她发现牧羊人的火在一片空阔地面的中央燃烧。她慢慢地摸索过去。牧羊人在火旁边睡着了,边上放着一个长长的、磨得尖尖的杖,那是用来保护羊群不受野兽攻击的。但是那些眼睛发亮、尾巴蓬松、偷偷溜到火旁的动物们难道不是胡狼吗?不过牧羊人却没有向他们挥杖,狗继续睡着,羊也没有逃离,那些野兽也在人的旁边躺下休息。

女先知看见了,却完全不知背后山上颁布了什么。她也不知道他们要建造一座祭坛,点木炭并撒香料,而王是要把一笼子的鸽子献为祭物。但是,他的手已经麻木得连一只鸟都抓不住。那只鸟只是拍了一下翅膀就飞走了,消失在这黑夜里。

这时候,朝臣怀疑地看了看女先知。他们相信,这不幸是她造成的。

难道女先知听到了这静静的夜晚里传来的微弱声音了？难道他们知道女先知就站在牧羊人的火旁？她早就听到了，而且知道这个声音不是来自于地上，而是天上。最后，她抬起头看到了光，那道光闪闪地划过黑夜。那是一群欢声歌唱的天使。他们在这个广阔的平原上飞来飞去，好像在寻找着什么。

女先知听着天使的歌唱时，王正在准备献祭。他洗了手，洁净了祭坛，把另外的那只鸽子放在上面。他努力想抓住它，但鸽子的身子滑溜溜的，一下子从他的手中挣脱了出来，飞到了那漆黑的夜空。

王吓坏了，他双膝跪地，向守护神祷告，希望他能够赐力量除去这黑夜所预兆的灾难。

女先知也没有听到任何声音。她一心在听天使歌唱，那声音越来越响亮，已经把牧羊人吵醒了。他们用胳膊肘撑起身子，坐了起来，看着成群结队的银白色天使划过黑夜。有些拿着琵琶和钹，有些拿着扁琴和竖琴。他们的歌声像孩子的笑声那样甜美，像云雀的鸣声那么无忧无虑。牧羊人听到后，就起身走到所居住的山城来传讲这一奇事。

他们在一条狭窄的小巷摸索前行，女先知就跟在他们后面。突然间，山上的灯光渐渐变亮，一颗巨大、清晰的星星照亮了整座山。山顶上的城发出银白色的光。

所有飞舞的天使成群结队拥到那里，欢呼雀跃，牧羊人急得几乎跑了起来。当他们到达这座城市，他们发现，天使聚集在城门附近一个很低的马槽。马槽很简陋，屋顶是稻草做的，裸崖为后墙。那颗星就悬在上面，附近聚集了越来越多的天使。有的坐在稻草屋顶，有的在后墙那个陡峭山壁上，还有的展开着翅膀在空中飞舞。天使们飞得越来越高，整个天空都被那些发光的翅膀给照亮了。

就在那星照亮整个山城的瞬间，整个自然界都醒了，站在国会山的人都在观看。他们觉得清新的风轻抚地吹着；美味的香气充满大地；树木摇晃；台伯河流动了起来；星星闪烁，月亮也突然间跑了出来，照亮了整个世界。两只斑鸠从云中盘旋着下来，站在了王的肩膀上。

诺奖童书

这一奇迹发生时,奥古斯都起身,非常自豪和高兴,但他的朋友和他的奴仆都跪了下来。

"恺撒陛下!"他们喊道,"您的守护神已经回应了您。您是国会山应该被崇拜的神!"

这些人在路上向王表达敬意的声音太大,女先知全都听到了。她从异象中醒来,来到人群中。乌云好似从空中倾泻下来,笼罩了整座山。女先知老迈得让人有些害怕。她蓬头散发,关节处的骨头特别明显,皮肤黝黑,浑身像裹着一层层硬邦邦的树皮一样。

她威风凛凛地朝王走来,一只手抓住了他的手腕,另一只手指着遥远的东方。

"快看!"她吩咐。王抬起头,看到眼前的天被打开,有如一扇拱形的门,他一下子看到了遥远的东方。他看到了一面陡峭的岩壁后有一个简陋的马厩,敞开的门口跪着几个牧羊人。就在那里,他看到一个婴孩被放在地上的一堆稻草上,婴孩前跪着他母亲。

女先知用枯槁的手指指着婴孩,轻蔑地笑着说:"恺撒，这就是国会山上被敬拜的神。"

奥古斯都像躲一个疯子似的往后躲了一下，神灵却降临在了这位女先知的身上。她蒙眬的双眼开始发亮，她的双手伸了向天空，她的声音完全改变，似乎已经完全听不出来是她的声音了。这声音一直回响着，而且非常人，大到整个世界都可以听到似的，连星星都好像听得见她说的话。

"在国会山上将诞生一位全世界都要敬拜的救主——永活的基督。"

她说完这话，大步走过那些被吓坏了的人身边，慢慢走下山，消失在夜色中。

第二天，奥古斯都严格禁止人们在国会山为他建造任何宫殿。相反，他为那个刚出生的婴孩建造了一个圣殿，并称其"天坛"——天堂的祭坛。

博士之井

在古老的朱迪亚，形容枯槁、眼窝深陷的大干旱在枯萎的蓟花和枯黄的草木中间爬行。

那个夏天，阳光直直地照在山上，没有一点阴凉的地方，微风吹散厚厚的、低低的、灰黄色的浊云。成群的牲畜挤在山谷中、溪流旁，却找不到一滴水。

大干旱横行霸道，监察着各处水源。它徘徊到了所罗门池，发现那里依然存着少量从山上而来的水，就叹了口气。然后，它走向了伯利恒附近有名的大卫之井，发现那里也有水。最后，它拖着沉重的步伐从伯利恒来到耶路撒冷。

它走到半路，看到附近路旁的博士之井。它看到这井几乎是干的。它坐在井旁，看着那井。那井口就是里面空心的一块大石头。原来那如镜子一般的水面，已经下降了许多，井底的泥沙也使这井变得浑浊不清。

红襟鸟

那井看到水面映着大干旱那古铜色的面容时,痛苦地颤抖了一下。

"真想知道你什么时候会干枯,"大干旱说,"当然,别想有什么新鲜的水源会给你新生了——感谢上帝,在未来的两到三个月里,别期望有什么雨。"

"你满足了吧,"那井叹了口气说道,"没有什么可以帮我了,只有从天上来的活泉才能救我了。"

"我不会饶过你的,直到你滴水不剩才罢休。"大干旱说。它看到了老井已接近干涸,现在他只希望看着那井彻底干涸。

它坐在井旁,听着井发出呻吟的声音,以此为乐。它看着口渴的人们只能打到几滴浑水时,也以此为乐。

就这样,一天过去了。当深夜来临,大干旱又看了看那井。仍然有一点水闪烁着。"我晚上会一直在这儿,"它说,"所以你不要着急!天还没有完全黑的时候,我会再来看看你的,我相信一切即将结束。"

大干旱在那井旁蜷缩着身子,而这炎热的夜晚变得越

红襟鸟

来越残酷，比白天的朱迪亚更让人觉得煎熬。狗和胡狼叫声不停，牛和驴也因为缺水喊声不断。

一阵阵微风时不时刮起，但是一点用都没有，只不过像一个巨大怪物所呼出来的热气，热得令人窒息。星星闪烁着最灿烂的光辉，银色的月光给灰色的山蒙上了一层漂亮的蓝绿色外衣。借着这光，大干旱看到一大群人朝着这山走来，这山就是博士之井所在的地方。

大干旱坐在那里，望着长长的队伍，想到这些人因口渴找井，却没有一滴水可以止渴时，它幸灾乐祸。即使那井是满的，那么多人和动物也会很快把井水喝干。

突然，它开始觉得有什么不妥，这些人如幽灵般在黑夜里前行。可以清楚地看见那些行走的骆驼，却看不见它们所在的山，那山被黑夜完全笼罩了起来，所以骆驼看起来就像直接从天上走下来似的。这些骆驼看起来比普通的骆驼要大得多，而且轻松地驮着大量的物品。

它也不知道发生了什么事，不过这一切都是真实的，因为一切都看得清清楚楚。它甚至可以看见前面的三峰骆

诺奖童书

驼属于灰色、皮肤光泽的单峰骆驼,戴着漂亮的骆驼坐鞍,披着贵重的坐毯,载着身份高贵的帅气骑士。

整个队伍停在了那井的旁边。骆驼伸了几下脖子,然后就躺在地上,骑士们从骆驼身下下来。载物的骆驼依然站在那里,结成了一支整齐的队伍——骆驼的脖子,驼峰,和那些堆得高高的货物。

随即,那些人来到大干旱的面前,向它匍匐跪拜,问安。它看到他们穿着耀眼的白色长袍,戴着很大一块包头巾,每个人前面都有一颗闪闪发光的星星,就好像直接从天上摘下来那么亮。

"我们是从远方来,"其中一个陌生人说,"您能否告诉我们,这是博士之井吗?"

"其名正是如此,"大干旱说,"但是明天,它就将不复存在了,因为今晚它会干涸。"

"可以理解,因为我看到您在这里,"那人说,"但是这不是永不干枯的圣井之一吗?不然何以得其名?"

"我知道它是一口圣井,"大干旱说,"但是那又有什么用呢？三位博士已在乐园。"

三位陌生人互相看了看对方。"您是否了解这井的历史？"他们问道。

"我知道所有井，所有泉，所有河，所有溪的历史。"大干旱自豪地说。

"那请告知我们这井的历史！"陌生人问道，然后坐在大干旱的身旁，静静地听着。

大干旱抖了抖，爬到了井旁，就像一个人坐在一个临时搭建的位置上准备讲故事那样。

"玛代的戈巴斯是一个靠近沙漠的城市，因此我非常喜欢。很多年以前，那里居住着三位非常有智慧的博士。

"他们也非常穷，虽然这并不常见，因为，在戈巴斯，智慧会受到敬重，也会使人资产丰富。但是，对这几个人来讲，智慧却没有起到这样的作用。其中一个老态龙钟，一个身患麻风病，一个是厚嘴唇的黑人。人们认为第一个太老了，没有办法教他们什么了；第二个不敢接触，怕被传染；第三个他们不听，因为他们认为智慧的人是不可能

来自于埃塞俄比亚的。

"同时,三位博士也因为共同患难而命运相连。他们白天在同一个圣殿门口乞讨,晚上睡在同一个屋顶上。他们至少有机会一起消磨时间,一起探讨所观察到的有关大自然和人类的美好事物。

"有一天晚上,他们并排睡觉的那个屋顶竟长满了红色的罂粟花。最老的那位醒来,还没看上一眼,就叫醒了其他两位。

"'贫穷的人有福了,因为贫穷,我们睡在这露天的地方!'他跟其他两位说,'起来!看看天空!'

"然后,"大干旱用温和的语气说,"这是每一个亲眼目睹的人都不可能忘记的一晚!天空如此明亮,曾经如拱形穹顶的天空看起来深邃透明,波浪滚滚,如同一片大海。那光一会儿照在前,一会儿照在后,而星星好像在不同深度游来游去:有些游在波浪中,有些游在表面上。

"但是,在最远处以及最高处,三位博士看到一个淡淡的影子出现。那影子像一个球似的穿过天空,越来越近,而且越来越亮，亮得就像怒放的玫瑰一般——愿上帝使它们枯萎！它越长越大，渐渐脱下外衣，在两侧露出四片完全不同大小的叶子。最后，它到了最近的那颗星那里，就停了下来，变得一动不动。然后深色的叶子卷了进去，剩下的没有卷起来的叶子变得那么美丽，闪闪发光，那是一种玫瑰色的光，而且越来越美，像星星般闪烁着。

"三位博士看到这里，他们的智慧告诉他们此刻有一位伟大的君王已经降生，他的威严和权力胜过居鲁士以及亚历山大。他们彼此说：'让我们去新生婴孩的父母那里，告诉他们我们所看到的一切。或许他们会用重金奖赏我们。'

"他们带上长长的杖前行。他们从城中穿梭，从城门走出，但犹豫了一会儿，因为他们看到了一大片干旱的沙漠，那可是人们所惧怕的。然后，他们看到了新星在这片沙漠上照出的一道光，这光引导他们有信心地前行。

"一整夜，他们艰难地走在这广阔的沙漠上，一路上谈论着年幼的新生王，他本来应该睡在纯金的摇篮里，玩

着珍贵的宝石。关于如何拜见王,即他的父亲,以及王后,即他的母亲,他们曾经探讨了数个小时,希望告诉他们这位婴孩将拥有上帝所赐的超越所罗门的权柄、荣耀以及喜乐。他们因为上帝带领他们去看望这星而骄傲。

"他们告诫自己,这新生婴孩的父母一定会用不止二十袋的黄金来奖赏他们;或许因为黄金太多,他们将会永远脱离贫穷的痛苦。

"我像一头狮子一样躺在沙漠中等待,"大干旱说,"希望这些人渴死,但是他们竟逃脱了。整个晚上,那星带领他们。第二天,当天亮了起来,众星渐渐褪去,那星依然在照亮这沙漠,把他们带到了一片绿洲,那里有泉水,树上结满了成熟的果子。他们就在那里休息了一天。到了晚上,他们看到那星的光又照在了沙漠上,他们就继续前行。

"根据人类看事物的方式,"大干旱说,"那是非常愉快的一次旅行。那星带领他们,无需挨饿,不会口渴。那星带他们穿过蓟丛,跨过沙漠,躲过烈日,逃过风暴。三

红襟鸟

位博士多次互相劝慰：'上帝一路在保护着我们，祝福着我们。我们是他的使者。'

"然后，他们一步步地被我掳掠，"大干旱说，"这些人的心变得越来越干枯，像这沙漠一样，充满了骄傲和贪婪。

"'我们是上帝的使者！'这三位博士一直重复着这话，'新生王的父亲即使给我们一车黄金，也不算多。'

"渐渐地，那星带领他们渡过著名的约旦河，来到朱迪亚的山上。一天晚上，那星停在了一个叫伯利恒的小城，那里是山的最高处，到处是橄榄树。

"这三位博士寻找着城堡、塔楼和围墙，寻找着其他所有王的城市应当有的东西，却什么都没有找到。更糟糕的是，那星的光甚至没有带他们进入这座城市，而是停在了路边的一个洞穴里。在那里，柔和的光从洞口照了进去，照出了里面睡在母亲怀里的小小婴孩。

"虽然三位博士看到了那星的光环如王冠一样环绕在婴孩的头上，他们依然一动不动地站在洞口。他们没有进去，也没有预言这婴孩所带来的荣耀与国度。他们立即转身离

开,生怕被别人看到似的。他们逃离了那婴孩,下了山。

"'难道我们在寻找的是跟我们一样可怜的乞丐吗?'他们说,'上帝带我们到一个牧羊人的婴孩这里,是在捉弄我们吗?这个孩子永远都只会待在山上放羊,仅此而已。'"

大干旱偷偷地笑了,向自己的听众点了点头,好像在说:"难道我没有说对吗?有些东西比沙漠的沙子更加干旱,但是没有任何东西比人的心更加干枯。"

"三位博士还没有走多远,就发现自己走偏了,也没有正确地跟随那星,"大干旱说,"他们努力寻找那星,希望借着它能找到正确的道路,不过那从东方一直带领着他们的星却从天上消失了。"

三位陌生人抖擞了一下,脸上露出了痛苦的表情。

"这一切,"大干旱又说,"正是人类判断何谓祝福的通常方式。

"确切地说,三位博士看不见那星时,就马上明白自己已经得罪了上帝。

红襟鸟

"突然之间,"大干旱愤怒地说,"就像秋天的地面经历了一场突然而降的倾盆大雨,他们感到非常惧怕,怕到浑身发颤,仿佛遭遇了雷鸣闪电。他们整个的人变得松软了,在他们心灵的深处,开始露出了一点点的谦卑。

"三天三夜,他们在这片土地徘徊,寻找他们应当敬拜的婴孩,但是那星已不再向他们显现。他们越发困惑,并且遭受着一种无以言表的痛苦与绝望。第三天,当他们来到井旁喝水时,上帝赦免了他们的罪。然后,他们弯下腰,在井底的倒影中看到了曾经把他们从东方引导至此的那星。同时,他们也在天上看到了那星,那星又引导他们来到了伯利恒的山洞,在那里,他们跪在婴孩的面前说:'我们给您带来了黄金、乳香和没药。您会是世上最伟大的王,从创世之初到世界末了。'

"然后婴孩的手放在了他们低下来的头上,当他们起身,那婴孩给他们的礼物却超过任何一个王可以给他们的,因为最年长的那个穷人变年轻了,得麻风病的那个康复了,皮肤黝黑的那个也变得又白又健康。据说后来他们个个飞

黄腾达,因为他们离开以后,都成了自己国的王。"

大干旱讲到这里停了下来,三位陌生人称赞了它。"讲得好。"他们说。"不过,让人奇怪的是,"其中一人说,"三位博士可没有为指示那星的井做任何事。他们难道完全忘记了这如此大的祝福?"

"难道那井不应该永远成为一口活井,"第二位陌生人说,"以提醒人类,幸福因骄傲而亡,却因谦卑而生吗?"

"死人难道比活人更糟糕吗?"第三个陌生人问道,"感恩的心难道全被死人带走了吗?"

听到这些话,大干旱跳了起来,如野兽般吼了一声。它认出了这几个陌生人!它明白了这些陌生人是谁,像一个疯子似的逃离了他们,因为它根本就不知道三位博士叫了他们的仆人,让骆驼载满了乐园的水,去找到那井,并将水倒进那口即将干枯的井里。

伯利恒的孩子

伯利恒的城门外站着一个守卫的罗马士兵。他全副武装，带着头盔，配着短剑，手里握着一把长长的矛。他一整天都站在那里，几乎一动不动，简直就是一尊铁铸的雕像。城里人从这里进进出出，门口的乞丐懒洋洋地躺在阴凉的拱门下，卖水果和葡萄酒的小商小贩的篮子和酒缸就放在士兵旁边的地上，不过士兵看都不看他们一眼。

对他来说，这一切好像都没什么可看的——谁辛苦做个什么买卖，油桶也好，酒罐也罢，跟我有什么关系！让我看到一支准备迎敌的军队吧！让我看到骑兵与步兵的奋勇战斗吧！让我看到勇士冲进攻占的城吧！除了战争，其他一切对我来说都没有任何趣味。我多么希望看到罗马鹰旗放飞在天空，多么希望听到雷鸣的战鼓，看到闪烁的武器和四溅的鲜血！

就在城门口的草地上，长满了百合花。士兵的目光却日复一日地对着地上的草，从来没想过要去欣赏美丽的花。有时，他看到路人驻足欣赏百合花，觉得莫名其妙，因为他认为没有必要为了这种不起眼的东西耽误行程。他认为这群人根本不懂什么是美。

他这样想的时候，看到的不过是那片绿色的草坪以及围绕着伯利恒的那些橄榄树，但是他的心早已跑到了利比亚火热的草原上了。他看到一群士兵整齐地走在一片没有任何足迹的沙漠上，那里没有任何遮阳措施，没有水源，没有地界的区分，没有前进的方向，也没有终点的迹象。他看到士兵被饥饿和干渴折磨得软弱无力，步履艰难。他看到一个又一个士兵陷入炙热的沙土地。然而，他们却没有一声怨言，更没有考虑过要抛弃他们的官长而逃。

这真是美！士兵认为这才是勇猛的士兵值得观赏的美！

由于每天都守在同一个岗位，士兵本来有很好的机会去观察在他身边玩耍的那些可爱的孩子们。但对士兵而言，那些孩子就如同那些花一样，他根本不明白有什么值得注意的。看到有些人因为孩子们的快乐而满脸微笑，士兵觉得：这有什么好高兴的？为一件无关紧要的事情开心，真是让人费解。

一天，士兵站在他天天守着的岗位上，看到一个大约三岁的小男孩来到这片草地上玩耍。小男孩很穷，身穿一件小得不合身的羊皮上衣，一个人在那儿静静玩耍。士兵站在那里，根本就没在意这位小男孩的存在。引起他注意的是，小男孩在草地上跑着，却轻盈得连草尖几乎都触碰不到。他继续看着，越来越惊讶。"天啊！"他赞叹到，"这孩子和其他孩子真的不一样。是什么力量让他可以这样呢？"

男孩跑远了几步，士兵才注意到那小家伙到底在做什么。他是伸手要抓花上的蜜蜂，那只蜜蜂花粉采得太多太重了连飞都飞不起来了。士兵惊奇地看到，那只蜜蜂没有逃跑，也没有去攻击，而是宁愿被小男孩抓住。小男孩用双手紧紧地捂住了蜜蜂，就跑到城墙裂缝上的一个蜂巢，把蜜蜂放在了那里。他帮助了一只蜜蜂后，又急急忙忙地跑回去寻找第二只。就这样，士兵一天的时间都在看着小男孩抓蜜蜂并把它们送回家。

"那男孩真是我见过的最傻的一个,"士兵认为,"他脑子怎么长的,竟然在帮助这些蜜蜂?蜜蜂会自己帮助自己的,根本就用不着他去帮助。这男孩长大了,到底会成为一个什么样的人呢?"

小男孩每天都在草地上玩耍,士兵看着,禁不住赞叹不已。

"真奇怪,"他想,"我已经在这里站了整整三年岗了,而在这三年里,没有什么能吸引到我,除了这个小男孩。"

不过士兵一点都不喜欢这个男孩。因为这男孩让他想起一位年老的希伯来人的可怕预言——这个世界将得到和平,一千年都不会流血,也不会发生战争,人类会像弟兄一样相爱。士兵想到这些可怕的事情将要发生,浑身发抖,紧握手中的矛,就好像在寻找支撑似的。

现在,士兵每次一看到这男孩,就会想起那千年和平景象。如果已经发生,他反倒不觉得害怕。他怕的是,一次次地想到这么可怕的事情。

红襟鸟

一天，这个男孩在绿油油的草坪上玩耍时，突然之间下起了瓢泼大雨。男孩注意到那又大又沉的雨滴打在弱不禁风的百合花瓣上，不禁为这些脆弱的伙伴们感到非常伤心。他就跑向了那最美、最大的百合花，把花枝弯向地面，让百合花口朝下，让雨滴打在花的背面。他保护了一朵花之后，就跑到另一朵花那里，做同样的动作，让所有的花都口朝地面。他就这样让草坪上所有的百合花都避免了这场雨的伤害。

士兵看到小男孩所做的一切，心里偷偷地笑了。"百合花不会感谢他的，"他说，"花枝肯定都已经折断了，因为它们不可能弯成这样的。"

但是，雨停了之后，士兵看到小男孩赶紧把一根根弯了腰的花枝重新扶了起来。士兵感到惊讶的是，男孩扶得很快，好像毫不费力。花枝既没有断掉，也没有伤到。他这样一枝又一枝地扶起了百合，这些被救的百合花也很快变得色彩绚烂，光彩照人。

士兵看到这些，心情只可以用一个字来形容——怒。

"多么奇怪的一个孩子!"他心里想,"真难想象他会做出这种傻事。他长大了会成为什么样的人呢?连百合花都不忍心看到折断?这样的人如果要打仗的话,会是什么样?如果要命令他去焚烧一间满屋子男女老少的房子时,或者去击沉一架满载数不尽灵魂的客轮时,他会不会服从?"

他又一次想起那个古老的预言,害怕它有一天真的会实现。"既然一个这样的孩子都已经有了,"他心想,"或许时候也快到了。和平已经遍及大地;战争将不会再次发生。从此,所有人都会拥有和这孩子一样的心灵,不再互相伤害,甚至连伤害一只蜜蜂或者一朵花的心都没有。无需谈功行!无需论伟绩!无需言得胜!一个勇士所盼望的事将不再发生。"

这士兵一生盼望着新的战争,并希望借着战争的胜利获得职位的提升和物质的丰盛。不过一切似乎都被这个三岁的小男孩毁了。小男孩再一次从他身边跑过的时候,他虎视眈眈地举起手中的矛。

一天,小男孩做了一件既不是要保护蜜蜂也不是要保

红襟鸟

护百合花的事，而是一件让士兵看到自己是多么不懂感恩的事。

那天非常炎热，太阳直直地照在士兵的头盔和盔甲上，热得他像被火团团围住似的。对行人来说，他好像本来就应该忍受这种炎热。他两眼充血，眼球好像即将从眼窝中崩出，嘴唇干裂。但是他早已习惯了非洲沙漠的炽热，也以此为小事，根本就没想到要从岗位上下来。相反，他乐于向行人炫耀自己多么坚强，根本不需要为躲避阳光而寻找任何阴凉的地方。

士兵就这样站在那里，宁可被这热烧死时，经常在草坪上玩耍的小男孩突然跑到了他的面前。他知道士兵不属于他的朋友，所以每次都非常小心，从来不会走近矛可以够着的地方。但是这次，他却跑到士兵的面前，仔细地打量着士兵，然后飞快地跑到了路上。当他再一次回来的时候，双手捧着几滴水。

"可能跑过去给我接水了，"士兵心想，"这孩子真的有点问题。一个罗马士兵难道连一点点的炎热都忍耐不了？对于一个不需要帮助的人，跑来跑去的又有什么用？我不需要他的可怜。真希望这个世界上没有他这样或者像他这样的人！"

小男孩慢慢地走了过去，把手指压得紧紧的，防止水洒出来或者流走。他走近士兵，两眼盯着手里捧着的一点点水，并没有看到士兵的愁容和那双拒绝人靠近的眼睛。小男孩走到士兵跟前，给他水喝。

一路上，他长长的金黄色鬈发一直打到他的脸上，挡住他的眼睛。他好几次要甩开头发，才能抬头看到。当他最终甩开头发时，他才注意到士兵尴尬的表情。他没有害怕，而是站在那里，带着一张迷人的笑脸，祈求士兵尝尝他带来的水。然而，士兵却没有任何欲望去接受一个敌人的善举。他不想看那张可爱的脸，头也没有低那么一下，依然一动不动。虽然他懂得小男孩要为他做什么，但是他丝毫都没有表现出来。

小男孩也没有明白士兵是想要拒绝他。他微笑着，有信心地垫起了脚尖，把手举得高高的，希望士兵可以够到他的水。

因为一个小男孩的帮助，士兵觉得受到了羞辱，所以举起矛把小男孩赶走了。

就在那时，酷热和强光击打着士兵，他眼前仿佛有火焰开始燃烧，感觉脑子都要蒸发了。他害怕自己如果没有得到及时的帮助，会被热死。

就在这恐惧危险中，士兵把矛扔到了地上，两手抓着小男孩，将他举了起来，极力地去喝小男孩手里的水。

虽然只有几滴滴到了他的舌头上，但是他好像也不需要更多。他尝了那水，浑身感到一阵清凉，好似卸了头盔与盔甲一般。阳光失去了原本的杀伤力，干裂的嘴唇变得湿润，眼前也没有了燃烧的火焰。

他还没意识到这一切，小男孩就被他放了下来，跑到了草坪上去玩了。士兵非常惊讶，心想："这小男孩给我的到底是什么水？真是神奇！我必须向他表示感谢。"

但是由于他那么讨厌小男孩，所以很快就放下了那个想法。"只是一个孩子而已，"他心里想，"根本就不知道自己为什么会这样做或者那样做。他只是做自己喜欢做的事而已。难道他会从蜜蜂或者百合那里得到什么感谢？为了一个孩子，我也无须伤神。他根本就不知道他帮助了我。"

这名士兵觉得自己越发被这个孩子激怒了，因为他看到了罗马士兵的指挥官从伯利恒的营中出来。"就是因为一个小男孩的轻率之举，好险！"士兵在想，"万一弗提歌早出来一会儿的话，肯定会看到我在抱着一个孩子的。"

这时，指挥官径直走到士兵身旁，问他在那里说话是否会被别人听到，因为他有一个秘密要告诉他。"如果我们从大门的地方再走远十步的话，"士兵回答，"就没有人能听到了。"

"是这样的，"指挥官说，"希律王一次又一次地想找到伯利恒的一个孩子。预言家与祭司都已告诉他孩子将为王。而且，他们还预言说，新的王将开始一千年和平的统治。我相信你一定明白，希律王肯定会让那小孩'毫发无损'的！"

"我明白！"士兵立即回答，"但是应该很容易找到吧。"

红襟鸟

"如果希律王知道是哪个孩子,当然就非常容易了。"指挥官说。

士兵皱了皱眉头说:"很可惜预言家没有具体谈到这个问题。"

"但是现在希律王已经想出了一个诡计,好让那年轻的和平王子'毫发无损'。"指挥官继续说,"他答应让任何帮助他找到这小孩的人得到重赏。"

"凡弗提歌所命令的,必须执行,即使没有重金赏赐。"士兵说。

"谢谢你,"那位指挥官说,"听听希律王的计划!他希望为伯利恒所有两到三岁的男孩举办一场庆生宴。他们的母亲也必须参加。而在这次庆生宴上——"他突然间停了下来,看见士兵露出的一脸反感笑了起来。

"伙计,"他继续说,"你可别觉得希律王是要把我们当保姆。好好听我说,我会把计划告诉你的。"

指挥官悄悄把整个计划都告诉了士兵,等都讲完了,他说:"我提醒你一定要为这件事保密,否则整个计划都要泡汤。"

"你知道,弗提歌,你可以相信我的。"士兵说。

指挥官走了之后,士兵又孤零零地站在了自己的岗位上,他向周围看了看,为了要找到那个小男孩。小男孩在花丛中玩耍,不过在士兵的脑子里,那小男孩好像一只轻盈又美丽的蝴蝶在花丛中飞翔。

突然间,士兵笑了起来。"不错,"他说,"我不能再受这个孩子的搅扰了。他必须参加今天晚上希律王举办的庆生宴。"

那一整天他都站在自己的岗位上,直到夜里要关城门了。

城门关了之后,他就走在一条狭长漆黑的街道上,往希律王在伯利恒的那座富丽的宫殿去了。

这座巨大宫殿中央是一块大石头铺成的广场,周围环绕着一圈建筑,还有三个露天廊台。希律王已经下令让伯利恒参加庆生宴的孩子都到最上面的那个廊台。

按照希律王的命令,那个廊台已经被装饰成了一个美丽的花园。顶上爬满了藤蔓，挂满了一串串诱人的葡萄，在墙壁旁边的柱子旁是一棵棵结满果实的石榴树。地板上散落着玫瑰叶，厚厚的就像一块柔软的地毯。栏杆上，窗台上，桌子上，台子上放着的都是白色的百合花。

这个花园里到处都是巨大的大理石水池，闪闪发光的金银鱼在清澈的水中游来游去。远方飞来的五颜六色的鸟栖在树上，笼子里坐着一只喋喋不休的老乌鸦。

庆生宴开始后，孩子和母亲们都来到了廊台。当他们进入宫殿时，孩子们都被打扮了一番，穿上了镶紫边的白衣，乌黑的鬈发上戴着玫瑰花坏。母亲们也走了进来，如王室人员似的，身穿深红色与蓝色相间的长袍，戴着镶满金币与链条的平顶高帽，帽上垂下长长的白色面纱。她们有些把孩子扛在肩上，有些手牵着孩子，有些则抱着孩子，特别是那些觉得害怕或者害羞的孩子。

妇女们坐在廊台的地板上。等她们都找到了自己的位置，奴仆就把最棒的酒、最美味的食物放在他们面前的桌子上，这就是一国之君的盛宴。母亲们开心地享用，带着自豪与优雅——那可是伯利恒妇女的特点。

沿着长廊那布满鲜花与果树的围墙，驻扎着全副武装的士兵。他们站在那里一动不动，仿佛不知道周围发生了什么。妇女们时不时抑制不住打量一下那些钢铁士兵。"他们在这儿干吗呢？"她们低声说，"希律王难道怕女人不懂得礼节？用得了这么多的士兵来把守我们吗？"

有人小声说，这是因为在王的家中。希律王每次举办盛宴，士兵都是把守严密的。有全副武装的士兵把守对她们来说应该是一种荣幸才是。

宴席开始的前几分钟，孩子们感觉有点陌生和胆怯，一直待在母亲旁边静静地坐着。但很快他们就走动起来，开始享受希律王为他们提供的一切好东西。

国王为小客人们创建的这个地方让他们如此着迷。他们走来走去，发现蜂箱的蜂蜜随便享用，也不会有蜜蜂来搅扰。所有的果树上结满成熟果子，压弯的树枝伸向他们。在一个角落里，魔术师们从口袋中变出各种各样的玩具；而在另一个角落里，一个驯兽师带来了一对被驯服的老虎

红襟鸟

让他们骑。

但是,在这个乐园中,任何东西对这群孩子来说都没有整队一动不动的士兵更引人注意。孩子们直盯盯地注视着士兵们发亮的头盔、严肃的表情、手中的匕首,以及镶满珠宝的剑套。

他们一起玩耍的同时,还一直在思考着这些士兵。他们依然跟这些士兵保持着一定的距离,但是非常想走近看看这些人到底是不是活的,能不能动。

随着游戏和庆生宴的进行,这些士兵依然一动不动。让孩子们难以明白的是,大家离一串串的葡萄还有其他美食这么近,却没有人伸手去拿。

最后,有一个男孩控制不住自己的好奇了。他做好迅速逃离的准备,开始接近其中一个全副武装的士兵。士兵仍然一动不动,所以男孩又走近了许多。最后,近到他可以接触到士兵的鞋带和小腿。

然后,像是有什么违反了一项闻所未闻的律法一般,那些钢铁战士突然动了起来,朝着孩子们一阵怒吼,猛地抓住了他们。有些抓着孩子的头甩来甩去；有些把他们凶猛地摔在路灯上、栏杆上以及广场硬邦邦的石头地面上，而这些孩子当场就死了；有些则是拿出刀，直接刺入孩子的心脏；有些还没把孩子摔在地上，就已经把孩子的头在墙壁上撞破。

惨无人道的杀害开始时，有一种不祥的寂静。当幼小的身体在空中被这样挥舞着，妇女们被吓呆了。同时，这些伤心的母亲们一下明白了发生了什么事，发出撕裂一般的声音，冲向了士兵们。还有一些孩子还没有被抓到，而士兵则一直追赶着他们，这些母亲们则是站在士兵面前，徒手抓住那锋利的刀，拼命地保护孩子的生命。有几个妇女的孩子都已经死了，但是她们冲向了士兵，抓住他们的脖子，想要掐死他们以报杀子之仇。

一片混乱中，可怕的尖叫声响彻整座王宫，史上最惨无人道的屠杀在继续进行。城门口站岗的那个士兵站在楼梯口一动不动，他并没有参与冲突和屠杀：他只会对着那些成功把孩子抢回来抱着跑下楼梯的母亲们挥舞自己的刀。

红襟鸟

单单看到他那冷酷的、一动不动站在那里的样子就让人害怕，所以逃跑的人宁可撞在栏杆上，或者回到激烈的争斗中，也不愿意冒险从他身边挤过去。

"弗提歌选我做这件事可算是选对了，"战士心里想，"一个年轻而轻率的士兵肯定会守不住这个位置，冲进这个混乱的局面里的。要是我真的冲进去的话，至少会有十个孩子逃掉。"

他正在思考，一个年轻的妇女抱着抢过来的孩子，飞速朝他跑来。

没有一个士兵能拦得住她，因为他们都忙于与其他的妇女争斗。就这样，她跑到了走廊的尽头。

"马上就会让她跑了！"士兵心想，"她和孩子都没有受伤。"

那妇女跑得飞快，所以士兵根本就没有注意到妇女和孩子的特点。他只是拿着刀朝向他们，而那妇女却是抱着孩子冲了过去。士兵以为母子俩会被砍倒在地。

但是士兵听到了嗡嗡的声音，突然间他的一只眼睛感到非常疼痛，痛到令他失去了知觉，手足无措，刀都从手里掉了下来。他抬起手，抓到了一只蜜蜂，才明白那剧痛是被一只小小的蜜蜂所害。他立刻弯腰，要捡起地上的刀，希望可以阻止那对母子脱逃。

不过，那小小的蜜蜂功劳可不小。很短的时间里，士兵的眼已经看不见任何东西，年轻的母亲成功逃走，跑下了楼梯。虽然士兵也立即追赶了过去，但是他已经不知道他们逃到了哪里，在巨大的宫殿里，他们好似蒸发了一般，没有人发现他们的行踪。

第二天早上，士兵与其他几个战友依然在城门口附近的岗位上站岗。清晨，城门才刚刚打开。大家都觉得那天早上城门不会被打开似的。所有伯利恒的人们都因为昨晚的杀戮充满惧怕，无人敢离开家门。

士兵站在门前，看着前面那条狭长的小道说："我相信弗提歌犯了一个愚蠢的错误。他应该把城门紧闭，去家家户户搜查，直到找到逃跑的那个孩子。弗提歌认为孩子的父母知道城门开着的时候，一定会带着孩子离开的。藏

红襟鸟

一个孩子多么容易啊!"

他在想他们是否会把孩子藏在一个水果篮里,一个大的油管中,或者茅草车里。

他站在那里,注视着任何可疑的人或物,他发现一对夫妻正急急忙忙地朝着城门走去。他们走得很快,时不时回头张望,好像逃难似的。男子手里紧紧握着一把斧子,如果有人拦住他,他好像会拼了。但是,士兵没有去看那个男子,反而是看了看那个妇女。他在想,妇女和昨天晚上逃跑的年轻母亲一样高。他注意到那妇女用裙子包着头。"她这样或许是为了掩藏手里所抱着的孩子。"士兵心想。

他们走得越来越近,士兵也发现那妇女在衣服里面抱着的孩子越来越清晰。"我很肯定她就是昨天晚上逃走的那个。我没有看到她的脸,但是我认得她是个高个子。她来了,还抱着个孩子,连藏不都藏。我也没敢抱太大希望。"士兵心想。

他们两位快步走向城门。显然,他们没有料想到会在这里被拦下来。士兵用矛指着他们,叫他们停下时,他们被吓得一颤。

"为什么不让我们去地里干活?"男子问道。

"你马上就可以走,"士兵说,"但是请先让我看看她衣服里抱的什么。"

"有什么好看的?"男子说,"是酒和面包,我们今天要靠着过活的。"

"你还是实话招了吧,"士兵说,"如果像你说的,她为什么转身不愿意让我们看她抱的是什么!"

"我不希望你看到,"男子说,"请你让我们过去!"

这时,他举起了手中的斧子,但是妇女却把手放在了他的胳膊上。

"不可起冲突!"妇女恳求说,"我会让他看到我抱的是什么,我也知道他不会伤害它的。"她信心十足,面带微笑,然后转向士兵,掀开她的衣服。

士兵立刻往后退了几步,闭上了双眼,好像被什么光刺到了一样。那妇女怀里所藏的东西发出白色的光,太亮了,他一下都没有看出是什么东西。

"我以为你抱着一个孩子。"他说。

"你看我抱的是什么。"妇女回答说。

然后士兵看到那耀眼夺目的东西原来是一束洁白的百合花,和草丛里生长的百合花是同一个品种。只是它们更有光泽,更加亮眼,亮到他都没有办法睁开眼看一下。

他把手伸进了花中,因为他生怕妇女所抱着的是一个孩子,但他只摸到了冰冷的花瓣。

他自觉受骗,非常恼怒,甚至想把那夫妻抓去坐牢,不过他清楚自己没有任何理由这么做。

当妇女见此状况,就问:"还不让我们走吗?"

士兵静静地放下了自己的刀,退后了几步。

妇女又用衣服包住了那些花,然后向怀里看了一下,带着一种非常甜美的笑脸。"我知道你不会伤害它的,你只是想看一看而已。"她对士兵说。

就这样,他们很快走了;士兵只是站在那里一直看着他们,直到他们离开他的视线。

士兵还在看着他们离去,就基本上清楚了那妇女怀里抱着的根本不是一束百合花,而是一个活生生的孩子。

他站在那里看着行人的时候,听到街道上的喊叫声。那是弗提歌和他带着的几个人,他们直冲冲地跑了过来。

"抓住他们!"他们喊道,"把门关上!别给他们逃了!"

他们跑到士兵那里,说找到了逃跑的那个男孩了。他们在孩子家里抓住了他,结果他又跑了。他们看到孩子的父母带着他跑的。父亲非常强壮,白胡子,手里还拿着个斧子;母亲个子高高的,怀里用衣服藏着孩子。

弗提歌刚说到这儿,一个人正骑着马疾奔过来。士兵二话没说,就跑到跟前,将其拉下马,一跃就跳上了马,飞奔了过去。

两天后,士兵骑马来到朱迪亚南部地区的沙漠,为了寻找来自伯利恒的三个逃犯,他心烦意乱,因为眼看这个追踪将要无果。

"看起来这几个人好像会钻进土里一般,"他唠叨道,"这几天我三番五次地离他们那么近,本可以用矛将孩子刺死,但是就这样都能让他逃掉。我开始相信,自己可能永远都抓不住他们。"

他非常灰心,感觉自己就像和一些超能力的人在对抗似的。他在想背后是不是有什么神灵在帮助这些人在跟他对抗。

"白费力气。我最好还是回去,以免我在这荒无人烟的地方饿死或者渴死!"他一次次对自己说。不过想到就这样没有任何结果地返回去,他又感到一阵惧怕。

两次那孩子都从他眼皮底下逃走了,弗提歌或者希律王绝对会对他严加处罚。

"希律王如果知道伯利恒有一个孩子还活着,也会觉得不安或者惧怕的,"士兵说,"很可能他会把我钉在十字架上,以消除自己的惧怕。"

那是一个炎热的中午,士兵走在陡峭的山路上,受尽了路途的折磨。没有丝毫的风。他和马都快要晕倒。

还没有几个小时,他就已经不见逃犯任何的身影,士兵越发觉得灰心丧气。

"我必须放弃,"他心想,"我真的认为再追他们纯属浪费时间。他们在这荒野早晚也会死掉的。"

这时,他发现就在路边的山壁上,有一个通往山洞的拱形入口。

他立刻走到入口。"我必须在这洞里乘会儿凉,"他心想,"然后,或许我可以恢复体力,继续追赶。"

他一进去,就惊呆了!入口两边一边一枝美丽的百合。两枝百合直挺挺地立在那里,上面满是盛开的花朵,散发着蜜一般醉人的香气,许多蜜蜂在上面盘旋,嗡嗡地闹着。

这在旷野实为罕见,士兵也做出了令人难以想象的举动。他摘了一朵大大的花,进了那洞。

洞不深,也不黑。一进去,他就看见了三个行人:一男一女,地上还躺着一个孩子,在沉睡。

士兵看到他们,心跳得从来没有那么快过。这就是他苦苦追逐的那三个逃犯。他很快就认出了。他们躺在那里睡觉,根本没有能力反抗。

红襟鸟

他立刻拔出刀，伸向了孩子。

他小心翼翼地将刀指向孩子的心脏，而且是正中部位，希望一下就可以将孩子刺死。

他顿了下，看了看孩子的脸。这时，他确信自己将大功告成，心中的快乐油然而生。

看到这个孩子，他非常地高兴，因为他发现这个小男孩就是城门口草坪上一直跟蜜蜂和百合花玩耍的那个。

"我早就应该料想到的！"他心想，"这或许就是我讨厌这个男孩的理由吧。这就是所谓的和平之君。"

他一边放低了他手中的刀，一边想："我把这孩子的头送到希律王的脚下，他会任命我为护卫官的。"

当他把刀一点点伸向沉睡的孩子时，他觉得乐滋滋的："这次，总算没有人可以把他从我手中抢走了。"

但是士兵手里仍然拿着山洞门口摘的百合花，当他还在想着这次的好运时，一只藏在花朵中的蜜蜂飞了出来，在士兵的头上转来转去。

他退后几步。他突然想到了男孩送回家的那些蜜蜂，想起来曾经一只蜜蜂帮助男孩从希律王的庆生宴中逃走。想到这里,他突然惊住了。他手里握着刀,一动不动地站在那里,他在听蜜蜂跑到了哪里。

现在他听不到小蜜蜂的声音了。他站在那里,没有丝毫的动静,他渐渐闻到手里拿着的百合花的香气。

然后他想起来小男孩帮助过的百合花,他又想起来是一束百合花作为掩饰让他们从城门口逃走的。

他想到了许多,收回了手中的刀。

"蜜蜂和百合花都报答了小男孩的善行。"他告诉自己。想起这小男孩为他所做的善行,他感到一阵惭愧。

"一个罗马士兵怎能忘记那个善行?"他对自己说。

他内心一阵挣扎。他想到希律王,想到要杀掉年轻的和平之君的欲望。

"杀了一个救过我性命的孩子我做不到。"他最后说。

他蹲了下来,把刀放在孩子的身边,逃犯醒来发现危险会逃的。

然后,他看到孩子醒来。他躺在那里,用美丽的、如

红 襟 鸟

亮闪闪的星星一般的眼睛望着士兵。

士兵在孩子面前单膝下跪。

"主,您是至高的神!"他说,"您是伟大的征服者!您是众神之所爱!您是那位践踏毒蛇和蝎子的!"

他亲吻了他的脚,轻轻走出了山洞,而那男孩用一双惊讶的大眼睛,微笑着看着他。

逃亡埃及

很多很多年以前，在遥远东方的一片沙漠，有一棵非常老也非常高的棕榈树。

凡路过这片沙漠的人都会停下来看看这棵树，因为它比其他所有的棕榈树都要高大。行人也常常说，有一天这棵树肯定会比方尖纪念碑和埃及金字塔高。

这棵巨大的棕榈树孤零零地立在那里，眺望着沙漠。有一天，它看到了什么东西，惊讶得它那巨大叶子在细长的树枝上摇得东倒西歪。原来，沙漠的边上走过来两个人。他们还离得有点远，骆驼看起来还小得像一只小小的飞蛾。但是他们肯定是两个人——是这片沙漠中的陌生人，因为棕榈树认识所有的沙漠过客。那是一男一女，他们既没有向导，骆驼也没有驮什么东西，连一个帐篷或者水袋都没有。

"说句实话，"棕榈树自言自语说，"这两个人肯定是来找死的。"

棕榈树很快向周围望了一眼。

"奇怪的是,"它说,"那些狮子好像并没有出来捕食,怎么连一头都看不到。也看不到一个沙漠强盗,或者他们一会就出现了。"

"现在第七重死亡在等着他们了,"棕榈树心想,"狮子会吃了他们,干旱会渴死他们,沙暴会埋葬他们,强盗会围困他们,阳光会晒死他们,恐惧会毁掉他们。"

棕榈树还在想有没有其他危险。这两人的命运令它伤心。

但是,在棕榈树下的这整片沙漠里,几千年来还没遇见过什么它不知道的或者没有见过的。没有什么特别的东西可以吸引到它的注意。它又想起了那两个行人。

棕榈树说:"那妇女抱着的是什么?傻子才会带着一个小小的孩子到这里来!"

棕榈树总是那么富有远见,老年人通常都是这样,而且看得很准。妇女手里抱着的是一个孩子,靠着她的肩膀睡着了。

"孩子没有穿什么衣服，"棕榈树说，"我看到母亲用裙子的一角包着这个孩子。可能孩子还在睡着，她就急急忙忙把孩子抱走了。我明白了：他们在逃亡。"

"不过，他们真傻，"棕榈树说，"他们就是给敌人随意处置，也比在这旷野冒险好多了呀，除非有天使的保护。"

"我可以想象到事情的缘由了。男人在工作；孩子在摇篮里睡觉；妇女出去打水。当她离门口几步远时，看到敌人来了，立刻跑了回去，抱起孩子就跑了。

"从那以后，他们这些天就一直在外逃生。他们肯定连休息片刻的时间都没有。是的，事情就这样发生了，但是我还是要说，除非有天使的保护——

"他们非常害怕，怕到根本就感觉不到疲惫或者痛苦。但是我从他们的眼睛里看到那种干渴。我当然可以从一个人的脸分辨他是否口渴了！"

当棕榈树开始思考口渴问题的时候，它高大的树干

红襟鸟

颤抖了一下,长长的树叶卷了起来,就像遇见火缩起来了似的。

"如果我是一个人,"它说,"我绝不会跑到沙漠来。没有根,够不着永不枯干的水源,却还敢跑到这里来,真是勇敢。对棕榈树来说都够危险了,甚至是对我这样的棕榈树。

"如果我可以帮助他们,我会让他们赶紧回头。他们的敌人再怎么也没这沙漠无情吧。或许他们觉得在沙漠中生活更加容易!但是我知道就连我也时不时会觉得在这里生存很难。我记得年轻的时候,一次风暴把整座山上的沙子都刮到我身上。我几乎窒息而死。假如那个时候我真的死了,那是我最后的状态。"

棕榈树继续畅想着,跟一个孤独的老人一样。

"我听到树叶上传来了一支美妙的歌曲,"它说,"所有的叶片都在颤抖。我不知道看到这两个陌生人之后,什么影响了我。但是这个不幸的女人非常漂亮!她让我想起了我曾经经历的一件最奇妙的事。"

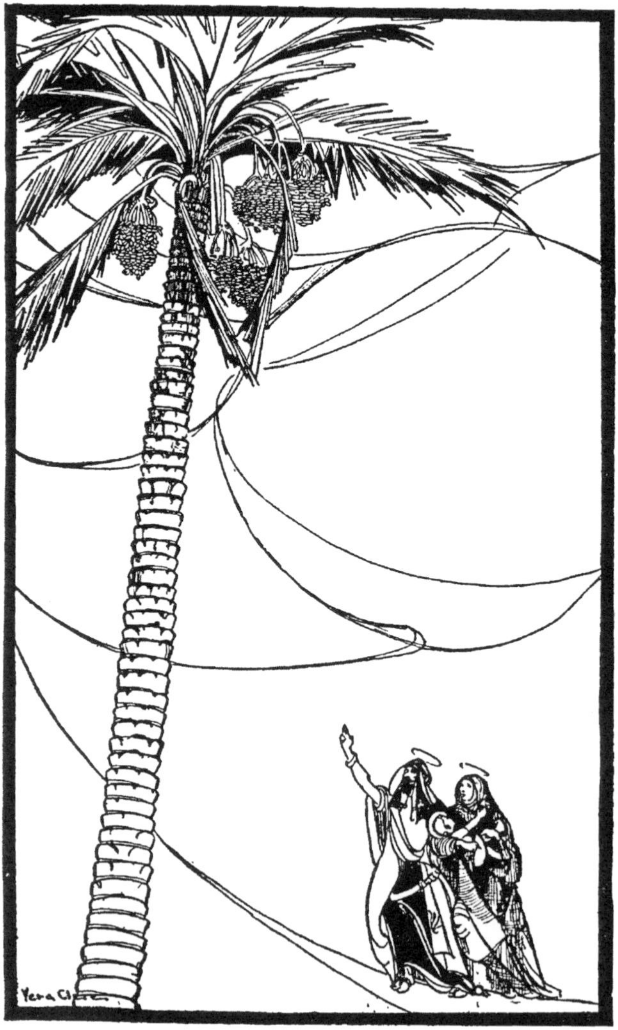

红襟鸟

随着树叶在歌曲中摇摆,棕榈树想起在很久很久以前,有两位名人曾经来到过这个绿洲。他们是示巴女王和所罗门王。美丽的女王要回到自己国家的时候,国王一路同行。马上要分开了,女王说:"为了纪念这个时刻,我特此栽下一颗种子,希望它以后长成一棵巨大的棕榈树,一直活到有一个比所罗门王更伟大的王在朱迪亚降生。"当她说完,她就把种子栽到土里,以泪水浇灌了它。

"我今天怎么想起了这件事呢?"棕榈树说,"难道是这位妇女的美让我想起了女王的美,想起了女王的那些话?是她的那些话一直让我成长到今日。"

"我听到树叶传来的沙沙声越来越响,"棕榈树说,"而且越来越像一支哀歌。好像预言着一个人的离世一般。最好不是指的我,因为我现在不能死。"

棕榈树认为树叶中传来的死亡的沙沙声肯定是因为那两个孤独的路人。他们肯定也感觉到死亡的临近。从他们的脸上可以看出,他们已经路过死骆驼的骨架。

从他们的眼神又可以看出,他们刚刚赶走一对飞过的秃鹰。没有别的可能了——他们肯定会死的!

他们看见棕榈树和那片绿洲,急忙过去找水。但是当他们终于到了跟前,只有绝望,因为那是口枯井。精疲力尽的妇女把孩子放了下来,坐在井旁哭泣。男子在她身旁气汹汹地用拳头击打那干旱的土地。棕榈树听到了他们之间关于必死的对话,又从他们的对话中听到希律王发令杀害两到三岁男孩的消息,因为他害怕那位被人期盼已久的犹太人的王降生。

"树叶发出的沙沙声越来越大,"棕榈树说,"这些可怜的逃生者死期将近。"

它也看出他们惧怕沙漠。男人说,逃到这里来,还不如当时待在家里,跟那些士兵拼了。他说那样他们还死得容易点。

"上帝会帮助我们的。"妇女说。

男人说:"我们没有食物,也没有水。上帝怎么帮我们呀?"在绝望中,男人撕裂了衣服,把脸贴在干旱的土地上。他万念俱灰,像是胸口有一刀致命伤。

红襟鸟

妇女直直地坐在那里,双手抱紧环着膝盖。但是,面对沙漠,她脸上也写满了深深的绝望。

棕榈树听到从树叶传来的沙沙声越来越大。妇女肯定也听到了,因为她抬头看了看树冠。她立即不由自主地举起了双手。

"棕榈果,棕榈果!"她大声喊道。喊声中流露出一种极大的悲痛,这让棕榈树想瞬间变成一个人那么高,好让他们轻而易举地摘上面的棕榈果。它或许知道自己的树冠上结满成串成串的棕榈果,但是这么高一个人怎么能够得着呢?

男人看到成串的棕榈果高高挂在那里。他头都没有抬一下。他甚至不想让太太眼巴巴地望着那些绝对够不着的果子。

但是,那孩子跌跌撞撞地一个人走来走去,玩着旁边的枝枝草草,他听到了母亲的喊叫。

他根本想象不到母亲是没有办法得到她想要的东西的。他的母亲一说到棕榈果时,他就开始盯着树看。他一直在想如何可以够得着树上的果子。他金黄色的头发下面露出了紧皱着的眉头。最后，他脸上露出灿烂的笑容。他找到了方法。他走到了棕榈树旁，用小手摸了摸它，用那天真而且甜蜜的声音说：

"棕榈树，弯腰！棕榈树，弯腰！"

那是什么，那是什么？棕榈树的叶子突然间沙沙作响，简直如暴风吹过，从上到下，从左到右。棕榈树感觉那孩子好似主人似的，根本无力抵抗。

它向孩子弯下了高高的树干，好像向公主王子鞠躬一般，而且弯到树叶都已经扫到了沙漠的地面。

孩子既没有感到害怕，也没有觉得惊奇；他开心地笑了，从那棵老棕榈树的树冠上一串串地摘了起来。当他摘了足够多的棕榈果时，树仍然躺在地上，孩子回来，摸了摸它，用最温柔的声音对它说：

"棕榈树，平身！棕榈树，平身！"

缓缓地，这棵巨大的棕榈树直起了腰，而树叶就像竖琴一样演奏了起来。

红襟鸟

"我现在知道他们是为谁演奏这一死亡哀歌,"棕榈树站起来后自言自语道,"不是为这里的任何的一个人。"

男人和妇女跪下,感谢了上帝。

"您看见我们的痛苦,也除去了我们的痛苦。您是那位奇妙的神,使棕榈树如芦苇一样弯腰。有您的保护,还有什么仇敌值得我们惧怕?"

后来,一群旅人来到这片沙漠,他们看见这棵巨大的棕榈树已经干枯。

"怎么会呢?"其中一个旅人说,"这棵棕榈树在见到比所罗门王更伟大的王之前不会死的。"

"或许它已经看见了。"另一个旅人说。

在拿撒勒

有一次,在拿撒勒,当耶稣五岁大的时候,他坐在父亲作坊的门墩上,拿着陶匠给他的一块陶土做布谷鸟。他非常开心。这一地区所有的孩子都跟耶稣说过,那陶匠是一个冷漠无情的人,难以被人说服,无论你是温柔地望着他也好,还是好声好气地跟他说话也罢。耶稣也不敢向他问东问西。但是,他也不知道是怎么回事儿,他只是带着渴慕的眼神站在这位邻居的门口,看着他用转轮做陶器,这位邻居就起身走了过来,给了他一大块陶土,这陶土足以制作出一个酒罐来。

在隔壁的门廊里,犹大坐在那里,满脸淤青,衣服里装满了租金,这是他跟街上那些顽童不停争斗所获。这会儿,他非常安静,不打,也不闹,而是像耶稣一样捏着手中的陶土。但是,他自己是不敢去要这陶土的。他甚至不敢走进陶匠的视线,因为陶匠见到他会把他打跑,因为他

红 襟 鸟

经常抱怨犹大朝自己的陶器丢石头。所以,是耶稣分给了他一些陶土。

两个孩子捏好布谷鸟,就把布谷鸟成行地排在面前。它们跟其他的陶土布谷鸟没太大差别,胖胖圆圆的大腿做托,短尾巴,没脖子,还有几乎看不到的翅膀。

但是,你很快就会发现这对玩伴作品的不同。犹大做的布谷鸟太歪了,总是不停地摔倒,无论他多么努力,他那不灵活的手捏出来的鸟都表面粗糙,外形不佳。他时不时向耶稣瞟一瞟,要看一下耶稣怎么把它们捏得像他泊山森林里的橡树叶那般光滑。

随着一只只鸟被捏好,耶稣也越来越开心。每一只都比上一只更加漂亮,他看着它们,满心欣喜与自豪。它们会成为他的玩伴,成为他的小兄弟;它们要睡在他的床上,陪伴他,当他母亲不在家时,为他歌唱。他以前从没有觉得自己那么富足,他再也不会觉得孤单或者被抛弃。

路上走来了一个强壮的挑水工,身后还跟着走来了一个骑着驴的商贩,那驴扛着两个空桶,他就坐在中间,晃

诺奖童书

红襟鸟

晃悠悠的。挑水工摸了摸耶稣满头的鬈发，问起了这些布谷鸟。耶稣告诉他这些鸟个个都有名字，而且还会唱歌。所有的小鸟儿都是从外地过来，告诉他只有他和这些鸟知道的一切事情。耶稣讲了一个小时，而挑水工和商贩就在一旁认真地听着，都忘记了自己本来要做的事。

但是，当他们要继续走时，耶稣指了指犹大说："你们看，犹大捏得多漂亮！"

商贩平和地叫驴停了下来，礼貌地问犹大那些鸟是不是也有名字，也会唱歌。但是犹大根本就不知道这事儿。他一声不吭，头也不抬，看都没有看那商贩一眼。商贩就生气地踢翻了其中一只鸟，气冲冲地走了。

就这样，一个下午过去了，太阳都已经落了山，夕阳照着街道尽头那装饰着一只罗马鹰的低矮城门。在这傍晚时分，夕阳红似血染，那通红通红的光从狭窄的街道穿过，染红路旁的一切，也染红了陶匠的工具，染红了木匠咯吱咯吱锯着的木头，还有白色面纱后面玛利亚的脸。

但是最美的还是地面一个个小积水槽所映射出来的

光，那是石头地面上凹凸不平的裂缝所产生的。突然耶稣把手伸进了旁边的水槽里。他想用这给水、墙以及周围万物带来漂亮颜色的闪亮阳光去染一染他捏的土灰土灰的布谷鸟。

阳光任他摆弄，就好像颜料一般。当耶稣把它涂在那些陶土做的布谷鸟身上时，它一动不动，把陶土布谷鸟从头到脚装扮了起来，发出钻石般的光。

犹大在一旁时不时看看耶稣做的是不是比他做的更好看。当他看到耶稣用水槽里的光给布谷鸟上了色，他高兴地叫了起来。犹大伸手到水槽里，想去抓那光。

但是光却没有让他抓住，而在他的手指间溜走。无论他抓得多快，他也没有办法抓到一丁点的光来染他捏的布谷鸟。

"等等，犹大！"耶稣说，"我来替你染吧。"

"不行，你可别动它们！"犹大大声喊道，"它们已经非常好了。"

他站了起来，眉头紧皱，嘴唇紧闭。他用那双大脚，

红襟鸟

一个个把它们踩扁。

当所有的陶土布谷鸟都毁掉之后,他走到耶稣面前,而耶稣正坐在那里抚摸着那些像珍珠一样闪烁着的布谷鸟。犹大看着它们,愣了一阵子,然后抬起脚踩扁了其中的一只。

"犹大",耶稣说,"你为什么这么做?难道你没有看到它们是活的,而且会唱歌吗?"

但是犹大嘲笑着,又踩扁了一只。

耶稣看了看周围,希望有人可以帮忙。犹大是个大个子,耶稣没有力气拦住犹大。耶稣希望能找到他的母亲。她离得不远,但是即使她来了,犹大或许已经把所有的布谷鸟都踩坏了。眼泪从耶稣的眼睛里涌了出来。犹大已经踩了四只布谷鸟了,只剩下了三只。

犹大很讨厌那些布谷鸟,因为它们就这样站在那里任由他去践踏,根本就不会警觉到有任何危险发生。耶稣拍了拍手,要叫醒它们,就大声喊道:"飞呀!飞呀!"

然后,三只布谷鸟动了动它们微小的翅膀,急急忙忙地拍打了起来,飞到了屋檐上,逃脱了危险。

当犹大看到这些布谷鸟听从耶稣的吩咐张开翅膀飞起来时，他哭了。他拽起了自己的头发，因为他曾经见过长辈在极度困难时曾经这样做过。然后，他趴在耶稣的脚前。

犹大趴在耶稣的面前，在尘土里滚来滚去，就像一条狗一样，亲吻着耶稣的脚，希望耶稣把他踩死，就像他踩那些布谷鸟一样。因为犹大爱戴耶稣，羡慕耶稣，也敬仰耶稣，但是同时也憎恨耶稣。

玛利亚一直坐在那里，看着孩子们玩耍。她走上前，把犹大抱了起来，把他放在了自己的腿上坐下，轻轻摸了摸他的头。

"可怜的孩子！"她对犹大说，"你不知道你自己想要做到的，其实是凡人无法做到的。如果你不想成为凡人中最不快乐的那一个，就不要再去做这样的事情了。我们这样的凡人如果非要跟这样一位可以用阳光当颜料染色，并吹口气将一块毫无生机的陶土变成生命的人一比高下，又能怎么样呢？"

在圣殿中

曾经有一个非常贫穷的家庭——一个男人和他的妻子，还有他们的儿子。他们走在耶路撒冷的巨大圣殿里。儿子真是一个非常可爱的孩子！他长了一头长长的鬈发，拥有一双清澈明亮的眼睛。

这个孩子自从懂事以来，还从来没有来过圣殿。现在，他的父母要让他看圣殿的辉煌。圣殿中有一排排柱子和金灯台。里面有教师坐在那边教导会众；有大祭司带着镶着宝石的胸牌。有巴比伦的窗帘，上面是金色的玫瑰刺绣。有巨大的铜门，大到需要三十个人才可以把它打开。

但是，这十二岁的男孩却不屑于看这些。他的母亲告诉他他所看到的是世界上最宏伟的建筑。她还告诉他下次要看到类似的建筑或许得等很久很久以后了。在他们生活的拿撒勒这个贫穷的城镇里，除了土灰的街道几乎没有别的了。

母亲的话没有起到什么作用。男孩看着似乎想要赶紧离开这座宏伟的圣殿，他宁可跑到拿撒勒那窄窄的道路上玩耍。

奇怪的是，男孩越漠视这些，他的父母越觉得满足与快乐。他们在他面前互相点点头，非常满足。

最后，男孩看起来既疲倦，又无趣，这让他的母亲觉得有点内疚。"既然我们走了这么远了，来，休息一会吧。"她说。

她坐在了柱子旁边，让他躺在地上，头靠在她的腿上。他躺了下来，很快就睡着了。

男孩还没有完全合上眼睛，母亲就对父亲说："当他看到耶路撒冷的圣殿那一刻，是我最害怕的时候。我原来一直觉得他看到神的殿，会永远留在这里的。"

"我一路来也是有点害怕，"男人说，"自从他出生以来，很多迹象与奇事都在预言他要成为将来一位伟大的统治者。但是这种身份带来的除了危险还有什么？我一直都在说，对他来说也好，对我们来说也罢，他最好就在拿撒勒做一个木匠。"

"自从他五岁以来,"母亲想了想说,"也没有什么神迹发生过。而且他也不记得小时候发生过的那些神迹。唯愿神的旨意成全!但是我甚至开始希望拥有怜悯的主能够选择另外一个人来成就他的伟大计划,别让我的孩子离开我。"

"在我看来,"男人说,"如果他不知道前几年发生的那些迹象与奇事的话,我确定没事儿的。"

"我从来没有跟他说过任何那些奇事的,"妻子说,"但是我也害怕,即使我不告诉他,发生的事情也会让他明白他是谁。我最害怕的就是带他来到圣殿。"

"危险已经没有了,你应该开心了,"男人说,"我们很快就带他回拿撒勒的家了。"

"我害怕圣殿里的那些教师",男人说,"我害怕那些坐在毯子上的预言师。我猜他们看到儿子的时候会站起来,拜他为朱迪亚的王。奇怪的是,他们没有注意到他的美。他们没有见过这样的孩子。"女人静静地坐在那里,看着孩子。"我真不明白,"她说,"我相信当他看到这些审判官坐在圣殿里解决人们的纷争时,看到这些教师在教导他们的会众时,看到那些祭司在服侍神时,他会起来说:'就是这里了,我生来就要生活在审判官、教师和祭司的中间。'"

"囚困在圣殿的院子里,对他来说会有什么乐趣呢?"男人插了句,"还不如在拿撒勒的山间自在。"

母亲叹了一声,说:"他跟我们在家多么开心呀!当他跟着那些牧人时,跑到田里去看农夫劳作时,他是多么满足。把他留在我们身边绝对不会错的。"

"我们只是不想让他受苦。"男人说。

他们两个一直谈论着,直到他们把孩子吵醒了。

母亲说:"休息好了吗?站起来吧,天快黑了,我们得回到帐篷里。"

他们在圣殿最里面的地方,所以,他们开始走向入口处。

他们走过一个古老的拱门,从第一座圣殿建成时拱门就在那里了。拱门边,靠墙的位置,放着一个古老的铜号,又大又重,简直就跟一根柱子似的。不过它又破又烂,里

红襟鸟

里外外满是灰尘和蜘蛛网，上面隐约能看到一些古老的文字。或许自从上次有人吹过之后，已经过了千年之久了。

当男孩看到这巨号时，他停了下来，惊呆了。"这是什么？"他问道。

"这伟大的号叫做撒旦之音，"母亲回答说，"就是用这个号，摩西招来了散布在旷野里的以色列子民。自从那次，从来没有人再能用这号吹出一曲。但是，谁可以吹响这号，也应该能把这地的民众都招集在一起。"

她朝着它笑了笑，因为她觉得那只是一个古老的神话；但是男孩就一直站在巨号旁，直到她叫走了他。这号是圣殿中他看到的第一件喜欢的东西。

他们没走多远就来到这个宽阔的庭院。在其所坐落的圣殿山上，有一个又深又宽的山缝，而且古时就已存在。这山缝是所罗门建造圣殿时都不愿意填埋的。上面没有桥，也没有在峭壁旁边设立围栏。但是，他却在山缝上放了一把钢刀，数尺长，磨得尖尖的，刀刃朝上。经过岁月的冲刷，时代的变迁，那钢刀依然躺卧在山缝上，只是变得锈迹斑斑。两头固定的地方已经不再牢固,每次人们在圣殿庭院中踏步时,它已有些摇晃。

母亲带着男孩走到山隙附近,他问道:"这是什么桥?"

"是所罗门王放上去的,"母亲回答说,"我们称它天堂桥。这桥的桥面比光束还细,而且走起来还摇摇晃晃,所以如果你能从这桥跨过山隙,你一定可以进入天堂。"

她笑着走开了;但是他却依然站在那里,一动不动地看着那个晃动的刀刃,直到他母亲把他叫走。

他顺从了母亲,却叹了口气,因为母亲没有给他足够的时间来仔细观看。

现在,他们一步都没有停下来,直走到了入口的那个门廊那里,那边有五个巨大的柱子。在其中的一个角落里,竖着两根黑色的大理石柱子,而且两根柱子紧紧地挨着,中间连一根稻草都不可能钻过去。它们高大雄伟。柱子上到处是标记和划痕,磨损得非常严重。就连它们旁边的地板都已经磨得光滑,被脚踏得有些凹凸不平。

男孩叫住了母亲,问她:"这些柱子是做什么用的?"

红襟鸟

"它们是我们的祖先亚伯拉罕从遥远的迦勒底带到巴勒斯坦的。他称其为公义门。谁能从中间挤过去就表示会在上帝面前成为义人,且不会犯罪。"

男孩静静地站在那里,仔细地查看着这些柱子。

"你该不会想从它们中间挤过去吧?"母亲笑了笑,"你已经看到了这被磨损的地板了吧?不知道多少人想从这缝里挤过去;但是,没有一个人成功穿过去的。快点!我已经听到铜门的咯吱声了,三十个圣殿的仆人已经把他们肩膀靠在门上了。"

但是,整晚,男孩在帐篷里都没有合眼,他想到的尽是公义门、天堂桥还有撒旦之音。他从来没有听到过如此绝妙的事情,很难停止去思考这些东西。

第二天早上,还是如此。他一直在思考那些东西。他的父母忙活了一阵之后,收起了帐篷,放在一头高大的骆驼身上,一切就绪。

他们并不是独自前行,而是有很多亲戚和邻居作伴。因为有很多人,收拾行李用了很长时间。

男孩没有帮忙,在一片匆忙和混乱之中,他仍然静静地坐在那里想着那三件奇妙的东西。

突然,他觉得他有足够的时间再回到圣殿去看看它们。他想着自己会在出发前从圣殿赶回来的。

他很快就走了过去,与任何人都没有说一声。他觉得没有必要,因为他很快就会回来的。

没多久,他就来到了圣殿,进入了两个柱子所在的那个门廊。

看到它们时,他两眼充满喜乐。他在旁边坐了下来,抬头看着它们。当他想到任何从两根柱子间的缝隙挤过去的人会被上帝看作义人,且不会犯罪的时候,他在想着自己从没有见过如此奇妙的东西。

他在想,如果可以穿过去是多么令人羡慕的一件事,但是两根柱子离得太近了,根本就没有可能穿过去。他就这样一直坐在柱子旁,待了差不多一个小时,虽然他并没有注意到这点。他自己还觉得他只是看了一会儿而已。

就在男孩所坐的门廊旁边,审判官正聚集在一起帮助

红襟鸟

人们解决分歧。

整个门廊满满都是人,他们中有的抱怨地界线被动的事,有的抱怨自己的羊从羊群被带走,还被贴上假的标记,有的抱怨欠债的不还钱的事。

他们当中,有一个穿着紫色布衣服的有钱人,他把一个欠他几个银钱的穷寡妇带到这个庭院。穷寡妇哭诉着说这个富人故意欺负她,因为她已经把钱还了,而现在他又要逼着让她还钱。她非常穷,所以如果审判官再命令她还债,她只好把自己的女儿给那富人当奴隶。

然后,坐在上座审判官位置上的那人面对着富人说:"你敢发誓这个可怜的妇女没有把钱还给你吗?"

富人回答说:"我是个富人。如果她不欠我钱的话,我何必跟一个穷寡妇要钱呢?我敢发誓,这个妇女的确欠我的债,就像没有人能从公义门穿过一样。"

审判官听到这样的誓言,都选择相信他,因此他们命令穷寡妇把自己的女儿给他作奴隶。

但是,男孩听见了。他心想:如果有人可以从公义门穿过多好！那样的话，富人说的肯定也就是谎话了。要一个穷寡妇把女儿送给别人当奴隶真是可怜。

他跳上了柱子中间的月台，看了看那个缝隙。

"啊，也并不是不可能的事！"他心想。

他因为那个穷寡妇感到非常伤心。现在，他根本就没有去想谁穿过这公义门就是一个没有罪的义人。他只想为了那个可怜的寡妇穿过去。

他把肩膀塞了进去，就好像要开路似的。

所有站在门廊边上的人都立刻注视着这个公义门。那门一扇朝左，一扇朝右，敞开了一个恰好让这个瘦小男孩穿过的空间！

人们为此震惊激动。突然间，所有的人都变得哑口无言，只是呆呆地站在那里盯着这个刚刚行了神迹的小男孩。

审判官中最老的那个第一个缓过神儿来。他叫人把那个有钱的商人抓住，带到审判席那里。然后，判他把所有的财物都留给那个穷寡妇，因为他竟然在上帝的圣殿里起假誓。

红襟鸟

这件事结束后，审判官问起那个穿过公义门的男孩；但是，他已经不见了。就在两根柱子分开的时候，他好像从梦中醒来似的，突然想起来要回去见父母。"现在我必须赶快离开这里，以免我父母等我。"他心想。

他不知道自己已经在公义门那里待了足足一个小时了，他觉得自己在那里待了几分钟而已。所以，他觉得自己离开圣殿前还有时间再去看看天堂桥。

他从熙熙攘攘的人群走过，来到了坐落在圣殿另一个角落的天堂桥。

当他看到一把锋利的刀躺在山隙时，他想到一个可以走到桥另一端的人是可以进入天堂的。他觉得这是他见过的最奇妙的事，就坐在山隙的边缘，看着那钢刀。

他坐在那里想，如果可以到天堂，那该多好，他多么想走过这桥；但是同时，又知道那是完全不可能的。

他坐在那里，思考了两个小时，但是他不知道时间过得飞快。他一直思考着天堂。

但是，就在那个深深的山隙所在的庭院，有一个巨大的祭坛，周围是穿着白袍的祭司，在祭坛上献祭。在庭院中，很多人献祭，所以很多人都在观看这个仪式。

有一个很穷的老人走了过来，带了一只瘦小且被狗咬伤的羊羔。

那人走到祭司面前，希望能够用它来献祭，却遭到了拒绝。他们告诉他，这样糟糕的礼物是不可以献给主的。老人祈求他们可怜可怜他，接受他的羔羊，因为他的儿子快死了，为了孩子能够治愈，他没有其他任何的东西可以献给神了。"你必须让我把它献上，"他说，"否则的话我的祷告不会到达上帝的面前，我的儿子也会死的！"

"你或许不相信，但是我的确非常同情你的境况，"祭司说，"不过，律法上是禁止献有瑕疵的祭品的。你的祷告是没法应允的，就如天堂桥没有办法越过一样。"

小男孩离它不远，所以什么都听见了。他立刻觉得没有人能够越过那桥非常可悲。如果羔羊能够被献上的话，或许那个穷人可以留住他的儿子。

老人伤心地离开了圣殿的庭院，但是男孩起身，走向

红襟鸟

了摇摇晃晃的桥,踩在了上面。

他根本就没有想越过这桥就确保能进入了天堂。他想到的是那位需要帮助的穷人。

但是他又把脚收了回去,心想:"这是不可能的。这桥太老了,而且锈迹斑斑,一定没有办法扛得住人,即使是我!"

但是,他又想起了那位即将失去儿子的老人。他又把脚放在了刀刃上。突然,他发现它停止了晃动,在他的脚下,他感觉刀刃变宽了,而且没有一点危险。

当他走了下一步时,他觉得周围的空气都在支撑着他,根本就不会失去平衡。他好像一只长了翅膀的鸟。

但是,当小男孩走在上面,晃动让这悬在空中的刀发出了一个甜美的声音。圣殿院里有人听到这个声音就走了过来。那人大声喊叫了起来,其他人也转过身,看到小男孩走在这刀上。

看到的人觉得一片惊恐。但是还是那些祭司先明白了过来,他们立即派人去找那个穷人,当他回来,祭司们就告诉他说:"上帝施行了神迹,要告诉我们他已经接受你的祭物了。把你的羔羊给我们,我们会把它献上。"

做完一切之后,他们问起过了桥的小男孩,可是他们四处找他,也没有看见他的影子。

原来小男孩越过刀刃桥之后,他突然想到要回去见父母了。他不知道整个上午的时间都已经过去,但是他想:"我必须赶快回去,免得他们等我。不过,我还是想跑过去看看这个撒旦之音。"

他穿过人群,跑到走道那里,而巨号就靠墙立着。

他看到它,想象或许有一天可以吹响它,来召集这个地区所有的人。他从来没有见过如此棒的东西,所以坐在边上一直看着它。

他多么希望能够得到世人,多么希望能够吹响这个古老的号。但是,他知道这是不可能的,所以他也没敢试一下。

他在那里坐了几个小时,却丝毫没有察觉到时间已经一分一秒地过去。他觉得能够把这地所有的人都召集在一起多么棒。

但是，碰巧在这个阴凉的走廊上，一个教师正坐在那儿教导学生，那些学生坐在他的脚旁。

现在教师走向他的一个学生，并指出他是个骗子。教师说，圣灵告诉他这个男孩不是本地以色列人。但是，他却希望明白为什么他跑到学生中使用一个假名。

然后，这个陌生的男孩站了起来说，他越过沙漠，穿过深海就是为了听到上帝的真理和智慧。"我的灵里充满了这种渴望，"他告诉教师，"但是，如果我不说我是以色列人的话，您不会教我的。所以，我欺骗了您，希望我的渴求可以得到满足。求您让我可以继续在这里学习。"

但是，教师站起来，敞开双手朝向天空。"不可能让你跟我待在这儿的，就像一个人不能吹响这称为撒旦之音的巨号一样。你甚至连圣殿这个地方都不能进来，马上离开这里，否则的话我的学生们会一起把你揍扁的，你的出现玷污了圣殿。"

但是年轻人一动不动地站在那里，说："我哪里都不去，否则我的心灵必然干枯。我宁愿死在您的脚前。"

教师还没有说话，学生就跳了起来，想要把年轻人赶走。而他坚持不离开，他们把他按倒，准备打死他。

男孩站在旁边，听到也看到了这一切，心想："这真是不公平。如果我可以吹一下那个巨号，他就可以得到帮助。"

他起身，把手放在了巨号上。这个时候，他希望把它举起来放在自己的嘴巴上，不是因为做到这点他就将成为伟大的领袖，而是因为他希望帮助那个生命面临危险的年轻人。

他用自己的小手抓住那号，试图把它举起来。

然后他发现这个巨号自己升了起来，主动来到他的嘴唇边。他只是简单地呼吸一下，一个巨大的声音就从号中传出来，声音大到整个圣殿里的人都听到了。

他们转身看到这巨号就在小男孩的唇边，号的声音震动了整个圣殿的地基和柱子。

立即，所有抬起要准备打这年轻人的手全部都放了下来，教师对他说：

红 襟 鸟

"过来坐在我的脚旁,就像你原来一样!上帝施行了神迹,让我看到使你成为圣洁,为主所用是上帝的旨意。"

一天很快就要过去,男人和妇女急忙回到了耶路撒冷。他们有些恐惧和担心,每见到一个人,他们就会说:"我们的儿子丢了!我们原以为他跟着我们的亲戚,但是没有人见到他。你们有没有见到一个男孩?"

那些从耶路撒冷回来的都回答说:"我们没有见过你们的儿子,但是在圣殿中,我们看到了最漂亮的孩子!他就像天堂来的一个天使,他穿过了公义门。"

他们也很乐意听听关于这个孩子的详细情况,不过根本就没有时间听。

他们继续走着,又遇到了其他一些人,也向他们询问着。

但是,那些从耶路撒冷来的人都只希望谈谈那个美丽的孩子,他好像从天堂而来,而且也真的越过了天堂桥。

他们也很愿意停下来一直谈到夜深,不过那人和妇女没有时间听他们讲，赶紧朝着城市走去。

他们找遍了大街小巷，都没有找到孩子。最后，他们到了圣殿。当他们要上去的时候，妇女说："既然我们都到这儿了，我们就进去看看他们说的那个孩子，那个大家都说像从天堂来的孩子！"他们进去，问了问怎么可以找到那个孩子。

"进去找那些跟很多学生坐在一起的教师。你会在那看到那孩子。老人让孩子坐在他们的中间。他们一面听，一面问。凡听见他的，都稀奇他的聪明和应对。但是，所有人都在圣殿的庭院里看到了这被称为撒旦之音的巨号来到了那孩子的嘴边。"

男人和妇女穿过人群，看到在教师中间坐着的正是自己要找的儿子。

但是，妇女一看见孩子，就哭了起来。

坐在教师中间的小男孩听到了哭泣声，就知道是自己的母亲，于是站了起来，走到她的身边，他的父母就带着他离开了圣殿。

红襟鸟

但是，母亲还在哭，所以男孩就问道："为什么哭呀？我一听见您的声音，就立刻跟您过来了呀。"

"我不该哭吗？"母亲说，"我以为找不着你了。"

他们从城里出来，天都黑了。母亲也哭了一路。

"为什么哭呀？"他又问，"我都不知道一天怎么过去的。我原以为还是早上，不过我听到您的声音，马上就跟您过来了呀。"

"我不该哭吗？"母亲说，"我找你找了一天了。我以为找不着你了。"

他们走了一夜，母亲又是哭了一路。

当天快亮了的时候，孩子问母亲："你为什么哭呢？我不是为了自己的荣耀，而是上帝让我行了那些神迹，因为他希望我帮助那三个可怜的人。当我听到您的声音，我就跟您过来了呀。"

"我的儿，"母亲说，"我哭，是因为我没有失去你。你将不再属于我。因此，你的生命目标将是公义；你的渴望是天堂；你的爱将坏绕这个世界上所有可怜的人。"

圣维罗尼卡的头巾

一

在提比略王统治后期,有一年,一个葡萄园的园户和妻子来到萨宾山,后来就生活在一间小屋子里。他们作为外乡人来到这个荒无人烟的地方之后,没有任何人来拜访过他们。一天早晨,那人惊奇地发现有一个老妇人在门槛那里缩成一团。她用一件灰色的披风裹着自己的身子,看起来非常穷苦。但是,她看起来是那么令人尊重。她站起来看他的时候,给他一种传说中女神下到凡间的感觉。

"朋友,"老妇人同园户说,"我在这儿睡了一晚,你可别觉得奇怪。我父母曾经住在这个小屋里,我差不多九十年前也是出生在这里。我原以为这间小屋肯定没有人住的,哪知道真的还有人住在这里。"

"您觉得荒山野岭的小屋没有人住的话,我不会觉得奇怪,"园户说,"但是我和妻子从外乡来,身为贫穷的异

红襟鸟

乡他客,我们没有找到更好的居所。您年纪这么大了,又走了这么久,肯定是又累又渴了,我相信您肯定也不希望这里被任何野兽所占吧。如果您需要,这里至少还有张床睡,有碗羊奶喝,有面包吃。"

老妇人微微笑了一下,但是根本没有掩盖住她脸上极度的伤痛。

"我在这山间度过了我的整个童年,"她说,"我还记得年少时赶狼的事。"

她的精力看起来很充沛,园户明显可以看得出来她虽然年纪老迈,但却依然有力量和林里的野兽搏斗。

他一直邀请老妇人进屋,当老妇人进了屋子,看到桌上简单的饭菜,犹豫都没有犹豫一下,就坐了下来,跟他们一起吃了起来。她显然非常喜欢面包泡羊奶,园户和妻子心想:"这老妇人是从哪里来的呢?她吃宴席的机会肯定比吃这粗茶淡饭的机会多。"

她时不时停止咀嚼看看周围,好像要再一次确认自己是否真的回到了曾经居住的小屋一样。简陋的小屋是泥土墙壁，地面从来没有变过。她还向两位主人指了指墙上依然可以看得到的小狗和小鹿，那是她的父亲跟他们玩耍时给她画的。在一个架子的最上面，她看见了一个陶土容器，那是她小时候量奶用的。

园户和妻子心里想："她可能真的出生在这个小屋里，但是她的生活不应该只是喂羊和制作黄油、奶酪吧。"

他们发现她总是思考很久以前发生的事情，每次回过神来，都会唉声叹气的。

最后她站了起来，感谢他们的热情招待，径直走向门口。

但是，看着她的境况，园户对她说："如果我没有猜错，您肯定不只是来看一下过一夜就匆忙走了而已，这应该不是您来的目的。如果您真的像看起来那样穷苦，您肯定是想在这儿度过余生的。而您现在要离开，也是因为我和妻子已经占有这间小屋。"

老妇人没有否认他的猜测。"但是，这间小屋已经被抛弃很多年了，虽然属于我，但也属于你们。"她说，"我

红襟鸟

没有权力赶你们走。"

"这是您父母的小屋,"园户说,"您比我们更有权力拥有它。而且,我们这么年轻,您这么大年纪了。所以,您住这里吧,我们离开好了。"

老妇人听到这里,十分惊讶。她在门槛那里转过身,盯着那人,就好像没有明白他的意思似的。

这时,园户年轻的妻子也加入了对话。

"请允许我这样建议,"她对丈夫说,"你可以问一下老妇人是否可以把我们当做她的孩子,这样我们可以跟她住在一起,而且还可以照顾她。如果我们把这破旧的小屋给了她,就这样离开,会有些无情的。让她一个人住在这荒山野岭不好吧!她靠什么生活呢?这样不过是等同于让她饿死而已。"

老人走到园户和他妻子的面前,打量了一下他们,问他们说,"你们为什么对我这么仁慈?你们是陌生人呀。"

园户的妻子回答说:"因为我们曾经也经历过这种仁慈。"

二

就这样老妇人住进了园户的小屋里。她和两位年轻人也建立了非常好的友谊。但是,她却从来没有告诉过他们自己从哪里来,到底是谁,他们也从没有追问到底,以免产生任何尴尬。

一个晚上,在一天的工作结束之后,三个人坐在门口那个巨大但却平整的石头上吃晚饭的时候,他们看见一个老人走了过来。

那人个子非常高,身材非常魁梧,肩膀宽得如角斗士一般。他表情严肃,眼窝深陷,嘴角有着纹线,让人看起来非常凶狠,而且他是步履匆匆的。

园户看到他,就说:"他肯定是个军人,刚刚服完兵役回家。"

陌生人径直走到他们面前,突然停了下来,好像有些疑惑。园户知道走过小屋,前面基本就没有了路,所以他就放下勺子,朝着陌生人喊道:"您是不是走错路了,陌生人?通常没有人会从这里上山的,除非是生活在这里的人。"

陌生人走了过来。"您说的对,"他说,"我是走错路了,也不知道往哪里走了。不知道我是否能够在这里休息一会,可以的话,还要麻烦您给我指个路。"

他说着就坐在了小屋前面的石头上。年轻的妇女问他要不要跟他们一起用餐,他微笑拒绝了。不过他却愿意坐在一旁与他们交流。他问了问他们生活的情况,工作的情况,夫妻两个都诚实地作了回答。

园户突然朝着陌生人问道:"您看看我们生活在这里多么孤单,除了跟羊群和园里的工人说话以外,至少一年都没有跟别人说过话了。您是从军队过来的吧,跟我们说说罗马和君王的事儿?"

园户话音还没有落,年轻的妻子就注意到老妇人给他使了个眼色,用手示意他小心。

陌生人非常客气地回答:"我知道你们肯定把我当成一个士兵了,不过我不是,我早就离开军队了。在提比略的统治时期,士兵没什么事情要做。他曾经是一个非常好的统帅,不过那些年他也算幸运。现在他满脑子想的就是如何守着他的那些密谋。在罗马,每个人都在提上周他因为怀疑一个人,把那个人抓了,还判了死刑。"

"可怜的王,他真不知道自己到底在做什么!"年轻的妇女感叹道,连连摇头表示可惜和诧异。

"您说的对,"陌生人满脸悲伤,"提比略知道人人都恨他,这也让他非常伤脑筋。"

"您说什么?"妇女问,"为什么要恨他呢?大家只是哀叹他不再是刚开始统治时期的那个伟大君王而已。"

陌生人说:"每个人都恨他,都厌恶他。为什么不恨他呢?他是一个无情又残忍的暴君。在罗马,大家都觉得他会变得越来越不可理喻的。"

"是不是有什么事情让他变得越来越坏了呢?"园户问。

当他说了这话,他妻子发现老妇人又给了他另一个提醒的手势,但是由于动作隐秘,他没有看见。

陌生人非常礼貌地回答他的问题,脸上带着微笑。

红襟鸟

"你们或许已经听说提比略家里有一个可以依靠的人，也只有这个人会跟他说实话。其他住在宫中的都是想要发财的和假意伪善的人。他们天天在王面前阿谀奉承，不论他做的是好事还是恶事。但是，有一个人在他面前从来不会害怕，每次都会告诉他别人如何看待他的所作所为。这个比那些议员和将军们都勇敢的人是国王曾经的老仆人——福斯蒂娜。"

"我听说过她的，"园户回答说，"听说国王跟她像好朋友一样。"

"提比略是懂得如何奖赏她的友爱和忠心的。他把这个出身贫寒的农家妇女看作自己的母亲一样，虽然她就出生在萨宾山的一间小屋里。只要他还留在罗马，他都会让她住在帕拉蒂尼山的家里，让她永远生活在国王身边。任何罗马的女性都没有她那么幸运。她虽然出身贫寒，但是却有着女王一样的着装。当国王搬到卡普里，她要陪同他过去，所以国王就给他买了一套房子，给她安排了很多仆人，房子里也放置了很多昂贵的家具。"

"她确实比较幸运。"园户说。

现在只有这位园户在和陌生人交流。他的妻子坐在旁边一声不吭，但她却意外注意到了老妇人前后发生的一些变化。自从陌生人来了以后，她一个字都没有说过。老妇人原本的那种礼貌与温和也全都不见了。她把饭菜放了下来，静静地坐在门口，眼睛直直地看着前方，表情严肃。

"国王希望她能够生活快乐，"陌生人说，"但是，尽管为她做了这么多，她还是离开国王逃走了。"

老妇人正想回话的时候，年轻的妇女在老妇人的胳膊上轻轻地拍了拍，然后自己开始说话，声音中带着同情与温和。"我相信福斯蒂娜生活在那里一定不是像您说的那么快乐，"她一边走近陌生人，一边说，"我相信她一定像对待自己的孩子一样对待提比略。我也相信她曾经为了他的童年而骄傲过，我还相信她因为他在年老的时候如此多疑残酷而感到伤心难过。她肯定时常在旁边提醒他，但他都是无动于衷。最后，她是不愿意看到他继续沉沦下去。"

陌生人听了有些惊讶，往后靠了靠，但是年轻的妇女也没有看他。陌生人继续温和礼貌地表达着自己的想法。

"或许您说的对,"他回答说,"福斯蒂娜可能不是非常开心。她年纪大了,又忍受了他一辈子了,最后希望在这个时候离开国王。"

"您说什么?"园户问,"是福斯蒂娜离开国王的?"

"她没有跟任何人说一声就从卡普里逃走了,"陌生人说,"她离开之后会变得和刚刚去的时候一样贫穷。她没有带走任何的宝物。"

"国王知道她去哪里了吗?"园户的妻子问。

"不知道!没有人知道老妇人到底到了哪里。但是,大家都觉得她应该是逃到了自己老家的山上。"

"国王也不知道她为什么要离开?"园户的妻子问。

"国王一点都不知道这事。他一定想不到她会因为他的一句话而离开。国王说她和其他人一样都是因为金钱和礼物才愿意服侍他的。她知道国王从来没有怀疑过自己。国王很希望她能够自己回来,因为他现在一个朋友都没有,而福斯蒂娜比任何人都清楚。"

"虽然我不认识她，"园户的妻子说，"但是我想我知道她为什么要离开国王了。老妇人在山上长大，习惯了简朴的生活，所以肯定一直特别想回到这山上。当然了，如果国王没有骂她，她或许也不会离开的。但是，我觉得从那之后，她也要为自己想想，因为她剩下的时间不多了。如果我生长在山上，我也会这样做的。我肯定会想自己已经服侍他一辈子了，也够了。我至少应该离开奢侈的王家生活，在永远离开这个世界之前给自己一个机会去真正品尝一下何谓荣耀与正直。"

陌生人难过地盯着园户的妻子。"国王的性情已经变得越来越糟糕了。当他怀疑或不喜欢某人时，是没有任何的人可以说服他的。您想想，"他忧伤地盯着园户的妻子，继续说道，"在整个世界，是没有一个人他不讨厌或者怨恨的，没有一个！"

当他如此伤心地述说时，老妇人突然转过身来，但是年轻的妇女盯着陌生人的眼睛回答说："提比略知道福斯蒂娜会随传随到的。但是，她不愿意再看到邪恶。"

他们这时都站了起来,但是园户和妻子却站在了老妇人的前面,好像要保护她似的。

陌生人不说了,却怀疑地看了看那老妇人。你们还有什么要说吗?他好像要这样问。老妇人的嘴唇动了动,一句话也没有说出来。

"如果国王爱他的老妇人,他应该让她安享晚年。"园户的妻子说。

陌生人还是有些迟疑,但是突然间,他黝黑的脸亮了起来。"朋友,"他说,"不管别人怎么来评价提比略,有一件事他比其他人学得都快,那就是放弃。我只有一件事要说:如果这位老妇人来到这间小屋的话,好好招待她!任何帮助她的人,都会受到国王的优待的。"

他披上了披风,像他刚进来的时候那样离开了这个小屋。

三

之后,园户没有再跟老妇人谈论任何关于国王的事。

令他们两位惊讶的是，一位高龄老太太竟然就这样放弃自己多年已经习惯了的富贵荣华。"不知道她会不会回到提比略那里？"他们互相问道。"她肯定还是非常爱他的。她离开他肯定是希望他能够醒过来，为他自己的错误行为而悔恨。"

"一个像国王那样年纪的人是不可能重新开始新生活的，"园户说，"怎么可能除去他对人们的怨恨？谁会去教他爱周围的人？他也不会除去对他人的怀疑和残忍的。"

"有一个人可能做到的，"他的妻子说，"我常常在想，如果他们两个见了面，情况会怎么样。但是上帝的道路不同于我们的道路。"

老妇人也没有想念原来的生活。后来，园户的妻子生了一个孩子，老妇人一直帮助照顾着，对她来说，这样的生活好像自然而然就表示她已经忘记了曾经的伤痛。

每半年，她都会把长长的灰色披风披在自己身上往罗马走去。在那里，她不是要找任何一个人，而是直奔到广场旁的圣殿。

红襟鸟

在圣殿里有一个非常大的祭坛，上面是蓝天白云，下面铺的是大理石石砖。在圣所的顶部，有一个幸福女神福尔图娜的雕像。就在她的雕像旁边，竖立着提比略的雕像。而广场的周围围绕着一圈楼房，有的是祭司住的，有些是储存油的，有些是养用来祭祀的动物的。

福斯蒂娜只会待在圣殿中，因为到那里的都是为提比略祷告的人。她看了看周围，发现福尔图娜和国王的雕像上都放着许多鲜花，祭祀的火一直在燃烧，热情的敬拜群众聚在圣殿圣所。当她听到祭司低沉的颂赞声时，就转身回到山上。

她没有去问谁，而是用这样的方式默默地去了解提比略是否还活着，是否一切安好。

第三次去的时候，她发现了一件令自己惊讶的事。她走进圣殿，发现里面几乎已经荒废，没有一个人。在雕像前，没有火，也没有崇拜者。圣所上散落的那些已经风干的花瓣，只不过证明了曾经的荣耀与辉煌。祭司没有了，国王的雕像因为没有人护卫已经毁坏而且满是泥巴。

老妇人看到第一个路过的人就问道,"这是怎么了?"她问,"提比略死了吗?我们是不是有了位新的国王?"

"没有,"罗马人回答说,"提比略还是国王,但是我们都不再为他祷告了。我们的祷告没有给他带来任何益处。"

"朋友,"老妇人,"我住在很远的山上,那里没有人知道这世上到底发生了什么事。您是否可以告诉我国王究竟遭遇了什么?"

"世上最恐怖的遭遇!他得了一个意大利人从来没有听说过的病,但是这病在东方却很常见。恶者临到国王身上,他全变了,声音变得像一个怪兽,脚指头和手指头都已经腐烂掉了。而这病,没有任何医治的方法。大家都认为几周之后他就会死亡。如果他不死的话,他也将不再做王,因为这样一个邪恶的人是没办法管理好国家大事的。您肯定也明白,他的命运已成定局了。所以不需要再向神为他祈求了。根本就不值得。没有人再害怕他了,也没有人再对他抱有希望了。所以,我们为什么还要为此烦心呢?"

那人点了点头,走开了。但是老妇人站在那里,呆住了。

她人生第一次垮了下来,就像突然之间被年龄所征服了似的,走路弯起了腰,头也抖了起来,两手在空中虚弱地挥来挥去。

她多么想离开那儿,但是她却只能慢慢地挪动着双脚。她朝着周围看了看,希望找到一根棍子做拐杖。

过了一阵子,费了好大的劲,她才没有晕过去。

四

一周以后,老福斯蒂娜走在卡普里岛的陡坡上。一个大热天儿,艰难地走在去往提比略的那蜿蜒山路和台阶上时,她意识到自己年纪真的已经大了,身体很虚弱。

当她发现一切都在她离开之后完全改变,这种感觉变得更加强烈。就在她走的这条山路上,平时人群熙熙攘攘——有很多出身于利比亚大家族的议员,带着大批奴仆从各个省份而来的使者，寻找工作的人，还有应邀参加国王盛宴的人们。

可是现在，那些大街小巷都已经完全荒废了。灰绿色的蜥蜴是老妇人在路上看到的唯一的活物。

她惊讶地看到一切都毁了。国王因为这病已经撑不过两个月了，草已经从大理石石块之间的缝隙中长了出来。漂亮花瓶里的那些罕见植物已经完全枯萎，而且捣乱的人根本没人阻止，他们把所有的栏杆都毁坏了。

然而，对老妇人而言，最奇怪的是这里竟然空无一人。即使岛上禁止非本地居民出现，总归还应该有很多服侍人员出现，或者成群结队的士兵，舞蹈家和音乐家，厨师和管家，哨兵和园丁，他们可都属于国王的家族。

当福斯蒂娜走到露台那里时，她看见了两个奴仆坐在国王房前的台阶上。当她走近他们时，他们站起来还向福斯蒂娜鞠了个躬。

"尊敬的福斯蒂娜，向您问安！"其中一个女孩子说，"是神灵派您来减轻我们的痛苦的。"

红襟鸟

"什么意思,米洛?"福斯蒂娜问,"这里为什么这么冷清?他们告诉我,提比略仍住在卡普里岛。"

"国王已经赶走了他所有的奴仆。他觉得我们中间有人给他毒酒喝,他才得了这病。要不是我们拒绝听从他,他肯定早就把我和铁托都给赶走了。不过,您知道的,我们一生都是要来效忠国王和他的母亲的。"

"我不只是来找奴仆的,"福斯蒂娜说,"那些议员们都哪里去了?国王的那些亲近的朋友,还有那些阿谀奉承的财迷们都哪里去了?"

"提比略不希望见到任何生人,"奴仆说,"卢修斯参议员和护卫长马克每天都来这里听从命令,其他人都不能接近他。"

福斯蒂娜已经到了国王住处的楼梯上。她走在奴仆的后面,问奴仆说:"提比略的医生是怎么说的?"

"他们都不知道如何治疗这种疾病,甚至不知道他到底能活多久。但是,我告诉您,福斯蒂娜,提比略如果继续害怕食物有毒而不愿意吃任何东西的话,他一定会死的。

而且国王在生病的情况下，还天天不睡觉，生怕别人夜里把他害死。如果他还像以前一样相信您的话，您或许可以让他吃点东西，睡会儿觉。至少也能让他多活几天。"

奴仆带福斯蒂娜走过几个通道和庭院，来到了一个阳台，那里是提比略经常去享受美丽的海景和维苏威火山风景的地方。

当福斯蒂娜走到阳台上后，她看到了一个可怕的怪物，脸部浮肿，身形看起来像个野兽。那手和脚裹着白色的绷带，但是绷带里包的是半腐烂的手指和脚趾。他的衣服脏脏的，满是尘土。很明显，他已无法直立行走，不得不在阳台那里爬来爬去。他闭着眼，远远地躺在栏杆的旁边。而当奴仆和福斯蒂娜来到这里时，他一动不动。

福斯蒂娜低声对前面的奴仆人说："米洛，这样的怪物怎么会出现在国王的私人阳台上呢？赶快，把他带走！"

但是，她还没有说完就看到奴仆已经弯下腰，向躺在地上的那可怜怪物鞠了个躬。

"提比略国王，"他说，"我终于有好消息给您了。"

红襟鸟

同时，奴仆转向了福斯蒂娜，而他却缩了回去，一句话也说不出来。

他没有注意到曾经强壮、自信、被认为可以活到女先知年龄的那位女仆，在这一刻，已经年纪老迈，身体虚弱。在奴仆的面前，她不过是一个眼睛昏花，手脚不再麻利的老妇人。

福斯蒂娜已经听说国王经历的巨大变化，但她从来没有改变过对他的认识，她永远都觉得他是那样的坚强。她还听到有人说这个病会慢慢地恶化，在几年的时间里把一个人完全毁掉。但是，两个月的时间里这病就已经让国工面目全非。

她蹒跚地走到了国王面前，已经说不出任何的话，只是静静地站在旁边哭泣。

"你终于回来了，福斯蒂娜？"他说，而且眼睛都没有能睁开，"我一直躺在这里幻想着有一天你会站在这里为我哭泣。我都不敢抬头，生怕我会发现这只是一种幻觉。"

于是，老妇人在他身边坐了下来。她把他的头抬了起来，放在了她的膝盖上。

但提比略静静地躺着，没有办法看到她。他感受到那种温暖与平静，很快就进入了梦乡。

五

几个星期后，国王的一个奴仆来到了萨宾山那个偏僻的小屋。正是傍晚时分，园户和妻子站在门口看着遥远的落日。奴仆走了过来，到了他们面前，跟他们打了招呼。他从腰间拿出了一个沉甸甸的钱囊放在了园户的手上。

"这是福斯蒂娜给你们的，要谢谢你们对她的关照，"奴仆说，"她希望你们能够用这些钱购买一个自己的葡萄园，并建造一所大房子。"

"福斯蒂娜还活着？"园户说，"我们在山缝和沼泽到处找她。她一直不回来，我还以为她可能在山上遇难了。"

"你不记得了？"园户的妻子插了一句说，"我说过我不信她会死的。我不是都告诉过你，她已经回到国王那里了吗？"

红襟鸟

园户赞同了妻子的话。"我真的很高兴，"他补充道，"不是因为福斯蒂娜太富有了，可以帮助我们摆脱贫困而高兴，而是为国王感到高兴。"

奴仆很想赶紧离开，因为他希望天黑前到达人口密集的地区。不过这对夫妻却没有让他离开。"你明天一早再回去吧，"他们说，"一定要跟我们说说福斯蒂娜所经历的事，否则我们不会让你走的。她后来怎么又回到国王的身边了？他们见面时的情景是怎么样的？见到对方高兴吗？"

面对他们的一再请求，奴仆最终答应了他们。他跟着他们进了小屋，晚上吃饭时，他把国王的病情和福斯蒂娜回来的事通通都告诉了他们。

奴仆跟他们说完所发生的一切，发现他们夫妻俩坐在那里一言不发。他们的眼睛直直地盯着地面，好像生怕打破沉默的氛围。

最后，园户抬起头对妻子说："你不觉得这是神的旨意吗？"

"是的，"妻子说，"当然，就是为了这个，主让我们从那么远的地方来到这个偏僻的小屋。他的计划就是把老妇人带到这里。"

妻子说完这话，园户就转向奴仆。

"朋友！"他对他说，"你一定得帮我给福斯蒂娜捎个话儿，一定把每个字都告诉她！萨宾山葡萄园园户，您的朋友，问您的安。您见过我的妻子。是否记得她是看起来如此健康？然而，我的妻子曾经患了和国王提比略一样的病。"

奴仆一脸诧异，但是园户继续强调着他要说的话。

"如果福斯蒂娜不愿相信的话，一定告诉她，我和妻子都来自亚洲的巴勒斯坦，在那里这种疾病属于常见病。律法规定，所有患麻风病的人都必须离开城镇，住在坟地或者石窟里。告诉福斯蒂娜我的妻子是患病的父母在山窟里所生。她小的时候还很健康，不过当她成为少女时，患上了这种疾病。"

奴仆向他们鞠了一躬，笑着说："您怎么能指望福斯蒂娜会相信你们的话呢？她已经看到了您美丽健康的妻子。

她也一定知道，这病是根本没有医治的方法的。"

那园户回答说："她最好还是相信我，我不是没有证人的。她可以派人到加利利的拿撒勒。那里每个人都会证实我所说的话。"

"是不是什么神灵行了什么神迹，您的妻子才得到了医治呢？"奴仆问。

"是的，你说的对。"园户说，"有一天，住在旷野的那些病人中流传了这样一个消息：'看哪，一个伟大的先知已经出现在加利利的拿撒勒。他充满了上帝的能力，他把手放在你的额前，就可以医治你的疾病！'但是，那些身患疾病的人却不相信这个消息。'没人能治好我的，'他们说，'在伟大先知的年代中也没有人能拯救我们脱离这种苦难。'"

"但是，在这些人中却有一个人相信了这消息，这个人是一个年轻的姑娘。她离开了其他的人，到伟大先知所生活的拿撒勒来寻找方法。一天，当她徘徊在广阔的平原时，她遇到了一个人，这个人身材高大，脸色苍白，有一头黑色的鬓发,一双黑眼睛亮得像星星一般。她一步步向他走了过去。不过还没有走到他的面前,姑娘就大声喊叫说:'我是不洁净的,不要挨近我,但是请告诉我在哪里可以找到拿撒勒的先知!'但是,那人继续走近她,站在她的面前说:'你为什么要找拿撒勒的先知呢?''我希望他能够按手在我的额上,医治我的疾病。'然后那人就走到她的面前,按手在她的额头上。但是,她对他说:'你把手放在我的额头上要做什么?你肯定不是先知吧。'然后,他朝她笑了笑说:'到山脚下的那座城里,把身体给祭司查看!'

"患病的那位姑娘心想:'他竟然因为我相信自己能够得到医治而嘲笑我。从他那里,我不会得到我要得到的信息的。'所以,她就继续向前走。很快就看到了一个要去打猎的人,骑着马驰骋在旷野里。当他来到她的附近,姑娘喊道:'可别挨近我,我是不洁净的!但请告诉我到哪里能找到拿撒勒的那先知!'

"你找那位先知要做什么?那位男子问道,骑着马慢慢走近了她。'我希望他能够把手放在我的额上,医治我的

红襟鸟

疾病。'

"那男子骑着马走得越来越近。'你得了什么病呢？'他说，'你根本就不需要任何医治呀！''难道你不知道我是一个麻风病人？'她说，'我父母是住在山洞里的病人。'那男子继续走近她，因为她是那么漂亮，就好像刚刚绽开的玫瑰花一般。'你是朱迪亚最美丽的姑娘！'他大声说。'你可不要嘲笑我！'她说，'我已经面目全非，声音就像野兽一样。'

"他深深地看着她的眼睛，跟她说：'你的声音像春天的小溪冲刷着鹅卵石那样动听，你的脸就像柔软的绸缎那样光滑。'

"那一刻，他骑马到了她的身旁，近到她可以借着马鞍上闪闪发光的脚蹬看到自己的脸。'你应该亲自看看。'他说。她看到自己一脸光滑、细嫩。'我看到了什么？'她说，'这不是我的脸！''是的，是你自己的脸。'那男子说，'但是，我的声音。不难听了吗？''不！它听起来像一个琴师演奏出来的最甜美的声音。'那骑马的男子回答。

"她转身指着马路。'你知道那两棵橡树那边的那个人是谁吗?'她问。

"'那不是你一直要找的那个人吗?他就是拿撒勒的先知呀!'那人回答说。然后,她就紧紧地握住自己的双手,非常惊讶,泪水充满她的眼睛。'圣者啊,您是上帝力量的使者!'她赞叹道,'您医治了我!'

"然后骑马的男子把她拉上马,与她相拥着走到山脚下,带着她见了祭司和长老们,并告诉他们,他是如何找到她的。他们详细询问了她的情况,但是当他们听说那个姑娘的父母患病,而且生活在旷野时,他们拒绝相信她得到了医治。'你从哪里来,还回到哪里去吧。'他们说,'如果你生病了,你一辈子都不会治愈的。你不能回到城市里把病传染给其他的人。'

"他们不愿意宣告她已经痊愈,也不愿意让她留在城市。他们甚至颁布法令通告说,任何接待她的人都将被视为不洁净。

"她对他们说:'我知道,我已经好了,因为拿撒勒的

先知把手放在我的额头上。'

"他们听到这里,赞叹道:'他是谁,怎么能够使不洁净的变为洁净呢?所有这一切都不过是一个骗术而已。回到你原来的地方,免得我们也会因为你面临痛苦!'

"当大祭司宣告这样的决定后,姑娘转向找到他的那名男子:'我应该去哪里呢?难道我还要重新回到旷野的那些麻风病人那里?'

"不过该男子又一次把她拉上了马,对她说:'不,你千万不能去山洞那些麻风病人的地方了,我们两个可以渡过这海到另一个没有区分洁净与不洁净的地方。'然后,他们……"

葡萄园园户讲到这里,奴仆站了起来,打断了他的话说,"不能再听您说下去了,"他说,"站起来,陪我走一段吧,您对山路比较熟。我今晚就得赶回去了,不能等到早上再走。国王和福斯蒂娜需要赶快听到你们的信息。"

园户陪同奴仆走了一段路,再回到自己的小屋,他发现妻子还醒着。

"我睡不着。"她说,"我在想,这两个人一定会相遇的:一个爱所有人类,一个恨所有人类。这样的相遇足以让整个世界产生动荡。"

六

老福斯蒂娜正在遥远的巴勒斯坦,在往耶路撒冷的路上。她觉得一定要亲自寻找那先知并把他带到国王那里。她对自己说:"我们要从这位陌生人那里得到的,不是武力或者贿赂可以获取的。但是,如果有人俯伏在他的脚前跟他说明国王的情况,他或许会答应。除了一个和提比略遭遇同样经历的人,谁还能为他做一个诚实的恳求呢?"

那种可以拯救提比略的希望慢慢地让老妇人恢复了精力。她忍受了到约帕那漫长的海上旅程。到耶路撒冷的路上,她也没有用轿子,而是骑了一匹马。她像随从的那些罗马贵族和奴仆一样忍受着艰难的路途。

从约帕到耶路撒冷的路途让老妇人的心里充满着欢乐和希望。那时正值春天,沙龙平原就像花地毯一样美丽,

红襟鸟

第一天他们就走在这平原上。第二天当他们来到朱迪亚山区的时候,他们见到的是各种各样的花。所有在山丘盘旋的道路两旁都种满了果树,结满了果实。当厌倦了杏子和柿子那白色和红色的花时,他们可以休息一下看看嫩嫩的葡萄藤叶,它们简直是从深棕色的树枝上窜了出来,长的速度快得几乎都可以看见。

使一路变得愉快的不只是那些鲜花和绿色,还有早晨走向耶路撒冷的熙熙攘攘的人群。在那宽宽窄窄的道路上,无论是在山的高处还是平原的偏远处,到处都是行人。当他们来到通往耶路撒冷的那条路上,大家似乎结成了队伍,他们大步向前,而且兴高采烈。一个骑着慢吞吞骆驼的老年人周围围着他的儿子和女儿们,女婿和媳妇们,还有他所有的孙儿。这样一个庞大的家族就占了一个群落。一位老奶奶年纪已经很大了,身体虚弱得要靠自己的儿子们架着胳膊才能走稳当。不过一群孩子围在她身边,这让她感到非常骄傲。

事实上,即使你内心非常惆怅,这样的早晨都会让你感到快乐。天空虽然不是那么晴朗,笼罩着的那层淡淡的薄雾却让阳光变得不那么刺眼。没有任何行人因为这样的天气发出抱怨。在这种雾天里,空气中叶与花的香并没有像往常一样明显,但是却飘浮在道路的两旁和田野里。这美丽的一天,淡淡的薄雾和微微的风,会让人想起那个夜晚的平安与宁静,也在向那些忙碌的人群传递这样的信息。大家快乐地往前行,唱着古时的赞美诗,弹奏着古老的乐器。

老福斯蒂娜骑着马走在人群中,也被那种喜悦和兴奋感染了。她催促那马走的更快些,还对旁边的那位年轻罗马人说:"我昨晚梦见提比略了,他恳求我尽快行路,在今天赶到耶路撒冷。神灵好像要在这个美丽的早晨提醒我似的。"

她说着就来到了一座山的山顶,不得不停在那里。面前是一个巨大的深谷盆地,四周围绕着美丽的山脉。耶路撒冷城就坐落在那阴暗河谷深处的山上。

但是狭窄山城的城墙和高塔就像给悬崖套上一个光彩

红襟鸟

夺目的头饰，山城现在已经扩大了一千倍。环绕这山谷的山上满是色彩艳丽的帐篷和熙熙攘攘的人群。

对福斯蒂娜而言，所有的人都是要去耶路撒冷庆祝一个重要的节期。那些从远处来的人已经把帐篷都准备妥当。相反，那些离城市不远的人们却还在赶路。一眼望去，看到的是连绵的白袍的海洋，他们唱着歌，沉浸在节日的欢快中。

老妇人盯着这些成群结队的人和一排排的帐篷，看了好一阵子。她对旁边的罗马人说：

"苏比修斯，全国的人肯定都来到耶路撒冷了。"

"看起来真的是这样。"那罗马人回答说。他是提比略选来陪同福斯蒂娜的，因为他曾经住在朱迪亚几年时间。"无论老少，他们来到耶路撒冷要一起庆祝节日。"

福斯蒂娜想了想。"我很高兴能够在他们过节时来到这里，"她说，"这肯定代表有神灵与我们同行。你觉得我们要找的拿撒勒的先知是不是也到了耶路撒冷来庆贺这个节日呢？"

"你说的对，福斯蒂娜，"罗马人说，"他一定在耶路撒冷。这个节日是神灵的命令。你要知道，即使你身体强壮有力，能不用长途跋涉跑到加利利也已经非常幸运了。"

他立即骑马赶上另外两个旅人，问他们拿撒勒的先知是否在耶路撒冷。

"这个季节，我们每天都会在这里看到他，"其中一个回答，"这个时候，他肯定在这里的，因为他是圣洁公义的人。"

一名妇女伸出手，指了指城市东边的一座小山。"你看到山脚下有很多橄榄树的地方了吗？"她说，"加利利人的帐篷通常都在那里，你去那里问问关于他的可靠信息吧。"

他们继续向前行，沿着蜿蜒的小路来到谷底，然后又登上锡安山，而且到了山的最高处。说话的那个妇女也朝着同一个方向走去。

陡峭的上坡道路旁边围着矮矮的墙，无数的乞丐和瘸子都懒洋洋地坐在那里。"你看，"那个妇女指着坐在那里的一个乞丐说,"这就是个加利利人!我记得看见他曾经和先知的门徒在一起。他可以告诉你在哪里能够找到他。"

福斯蒂娜和苏比修斯骑马来到妇女指的人那里。他是一个可怜的老头儿,满脸浓密的白胡子。他的脸被晒得黝黑。他没有求施舍;相反,他在沉思中,跟本连看都没有看一下周围路过的行人。

他也没有听到苏比修斯叫他,所以苏比修斯将同一个问题问了他好几遍。

"朋友,有人告诉我你是加利利人。求求你告诉我哪里可以找到来自拿撒勒的先知!"

那个加利利人突然看了看他,一脸莫名其妙的表情。但是,他很快明白了苏比修斯的问题,然后变得非常愤怒与恐惧。"你在说什么?"他大声喊道,"你为什么跟我问那个人的事呀?我什么都不知道的。我不是一个加利利人。"

那个希伯来妇女上前来。"我见你是和他们一起的,"她反驳说,"不要害怕,请告诉这个罗马的女士哪里能够找到他，她是国王的好友。"

但是，那位惊恐的门徒变得越来越暴躁。"今天所有的人都疯了吗？"他说，"他们一个个都被邪灵附身了吗，怎么大家都要问我他在哪里呢？为什么没有人相信我根本就不认识他呢？我不是从加利利来的。我也从来没有见过他。"

他的恼怒引起了很多人的注意，跟他一起坐在墙边的乞丐也开始怀疑他的话。

"你肯定是他的门徒，"中间的一个说，"我们都知道，你跟他从加利利来。"

那人举起双手，伸向天空喊道："在耶路撒冷，关于那个人的事，我已经受够了。为什么不让我在这里跟这些乞丐们享受平静的生活？我从来没有见过他，为什么你们都不相信我？"

福斯蒂娜耸耸肩，转身离开。"我们继续往前走吧！"她说，"这人是个疯子。从他那里，我们什么信息都得不到的。"

红襟鸟

他们继续往山上行。

福斯蒂娜离城门不到两步的距离，要帮助她找先知的那位希伯来妇女突然叫她小心。她拉住了缰绳，发现一名男子正躺在路上，躺在马的脚前。那是人最多的地方，他竟然没有被牲畜和人踩死可真是个奇迹。

这男子躺在地上，直盯盯地看着上方。虽然骆驼在他身边踏着沉重的脚步，但他却一动也不动。他衣衫褴褛，满身灰尘和污垢。事实上，他把很多的碎石放在自己身上，好像试图隐藏自己，让人更容易踩在他身上似的。

"这是什么意思？这人为什么躺在路上呢？"福斯蒂娜问。

那人突然朝着行人大声喊叫起来。

"兄弟姐妹们，可怜可怜我吧。让你们的马和骆驼来踩我吧。别躲开！把我踩死！因为我背叛了无辜人的血。把我踩死吧！"

苏比修斯抓住福斯蒂娜的缰绳，把马拉到了一边。"一个罪人希望借此来赎罪而已，"他说，"不要误了我们行路。这些人真奇怪,不过谁会来阻止他们呢。"

男子在路上继续喊叫:"踩到我的心脏上!让骆驼把我的胸踩扁,让驴用蹄子把我的眼踩瞎。"

但是,福斯蒂娜似乎不愿意就这样离开这个可怜的人,而是希望让他站起来。所以,她停在他身边很久。要帮助她的那个希伯来妇女把她给推走。"这个人是先知的门徒,"她说,"你想让他告诉你他的主在哪里吗?"

福斯蒂娜肯定地点了点头,妇女走到那人跟前,弯下了腰。

"你们加利利人把自己的主怎么了?"她问,"我在大街小巷到处见到你们的人,不过却没有看到你们的主。"

但是,她这样询问的时候,躺在尘土中的那人跪了下来。"你为什么问我?"他说,声音中带着一种绝望,"你看,我躺在路上,就是希望被踩死的。这还不够吗?你还要来问我我把他怎么了?"

她重复着自己的问题,而那人站了起来,捂住了自己的耳朵。

红襟鸟

"你们有祸了，为什么不能让我安静地死去！"他大声喊叫道。他穿过拥在大门前的人群，恐惧地尖叫着跑走了，身上那已经破碎的衣服像黑色的翅膀似的飘在他的身上。

福斯蒂娜看到那人就这样逃走后说："我觉得我们好像来到了一个疯子的国家。"看到先知的门徒，她真的非常沮丧。把这些傻瓜当门徒的那人到底能不能帮得了国王呢？

就连希伯来妇女看起来也有些焦虑，她对福斯蒂娜说："你好，请赶紧动身寻找你要找的先知吧，可别耽延。我怕恶者临到他，因为他的门徒一个个都出了问题，听到他就受不了。"

福斯蒂娜和她的随从从那门走过，来到一条狭窄而且漆黑的街道。那街道满满的人，所以基本上是不可能穿过这所城市了，他们时不时就要停下来。奴仆和士兵们希望在前面开道，不过根本就开不了。那里一直人来人往，川流不息。

老妇人说："罗马的街道跟这里比起来简直可以称为

休闲娱乐的花园了。"

苏比修斯很快就看到了眼前重重的困难。

"在这些拥挤的街道上走路比骑马更快,"他说,"如果你不是太疲惫,我劝你走到总督的宫殿。还有一段距离,不过要是骑马的话,起码也要午夜之后才能到达。"

福斯蒂娜立即接受了建议。她下了马,把马留给了她的一个奴仆。于是和罗马的旅人开始步行。

这样反而好多了。他们很快走到了市中心,苏比修斯带福斯蒂娜来到了一条非常宽阔的马路。

"你看,福斯蒂娜,"他说,"如果我们走这条路的话,很快就到了。这条路直接通向我们的目的地。"

但是,刚要转到这条路的时候,他们就遇见了一个最大的障碍。

当福斯蒂娜来到这条与总督的宫殿、公义之门互相贯通的路上,有人也正巧在这条路上押送一个即将被钉死十字架的囚犯。在这个囚犯前,一群年轻人正跑着要看他服刑的过程。他们跑上街头,挥舞着手臂,兴高采烈,因为

红襟鸟

他们很少看到这样的场景。

在他们身后跟着的是一群穿着丝质长袍的人们，他们好似这座城市的贵族精英。还有很多妇女，其中许多人满脸泪水。那些贫穷的和残疾的摇摇晃晃地向前走着，发出尖叫刺耳的声音。

"上帝啊！"他们喊道，"救救他吧！派你的天使来救救他吧！"

最后，几个骑着骏马的罗马士兵来到那里。他们站在那里看守着这囚犯，免得有人冲过去拯救他。

在他们的身后跟着的是几个刽子手，他们的任务就是将这个人钉在十字架上。他们把一个重重的十字架放在那人的肩膀上。但是那人身体太弱，根本扛不起来。十字架把那人压的直不起身，所以，他一直低着头，没人看到他的脸。

福斯蒂娜站在街道的一头，看着那人沉重的脚步。她惊讶地注意到，他身穿紫色袍，头戴荆棘冠。

"这人是谁呢？"她问。

一个旁观者回答说:"这是一个希望成为王的人。"

"面对一个根本不值得追求的东西,为什么非要受死?"老妇人伤心地回答。

这人背着十字架摇摇晃晃地走着,走得越来越慢。刽子手在他的腰上绑了根绳子,好拉着他走快点。但是,他们一拉,他就倒了下来,趴在那里,十字架重重地压在他的身上。

接着是一阵可怕的骚动。罗马士兵竭力把人群挡在路边。他们甚至向那些希望上前帮助那人的几名妇女挥起了刀。刽子手用鞭打的方式希望那人走得快些,不过那人因为十字架太重,根本就动弹不得。最后两个人取下了他身上的十字架。

然后,他抬起头,福斯蒂娜看到他的脸。两颊满是鞭打留下的血色条纹。他的额头被荆棘冠刺得滴血。他的头发打结,凝着汗水和鲜血。他的下巴一动不动,但是嘴唇颤抖着,仿佛在使劲地控制自己内心的呼喊。他的双眼满是泪水,几乎已经被酷刑和疲劳弄瞎了,他直直地望着

红 襟 鸟

前方。

但是就在这个半死的人的后面,老妇人好像在异象中看到,这位脸色苍白的人极其美丽,有着荣耀圣洁的眼睛和温柔的品格,她突然为这个不认识人的遭遇和所面对的羞辱感到极其悲伤。

"天啊,看看他们把你给折磨的,可怜的人!"她大声说,走到他的附近。她的双眼充满了泪水。想到这人的痛苦,她忘记了自己的悲伤和焦虑。就像其他的妇女一样,她也想拥过去,从那些刽子手里把那人给拯救出来。

那人看到她朝他走去,也匍匐着靠近她,就好像希望能够得到一些保护似的——保护他不再受那些人折磨和刑罚。他抱着她的膝盖,抱得紧紧的,就像一个孩子躺在母亲温暖的怀抱。

老妇人低下腰,眼泪从她的脸颊流了下来。因那人正在她那里寻求保护,这让她感到一阵幸福与喜悦。她用一只手抱着他的脖子,像母亲似的把孩子的泪水擦去,她用她的头巾擦去了他的眼泪和血。

但是，现在刽子手还在准备赶路。他们急忙把囚犯拖走，不希望延迟。当他们把他从那温暖的怀抱中拖走时，那人发出了一声呻吟，却没有任何抵抗。

福斯蒂娜努力地抱住他，不过她的双手已经软弱无力，只能眼睁睁看着那人被拉走，好像自己的孩子被抢走了一般。她喊道："不要，不要，不要把他带走！他不能死！他一定不能死的！"

因为那人被带走，她感到极度悲愤。她希望跟在他的身后，跟刽子手们拼了，只要能救了那人。

但是，还没有迈出一步，她就感觉一阵无力和头晕。苏比修斯急忙把她搀扶了起来，否则她差点就摔倒了。

在街道的一侧，他看到了一个小商铺，就把她搀扶了过去。里面既没有凳子，也没有椅子，但是店主却为人善良，给她找了个厚厚的垫子，在石头地面上给她铺了张床。

她没有失去意识，但是因为头晕，只能躺着，根本就坐不起来。

"她今天走了很长的路，路上经历太多城市的喧嚣和嘈杂。"苏比修斯告诉店主说。

"她年纪已经很大了,不得不服老了。"

"这样的一天对一个年轻人来说都会很辛苦的,"店主说,"空气又闷,我觉得很快会下暴雨的。"

苏比修斯弯下腰,看了看老妇人。她已经睡着了,经历了一天的兴奋和疲劳之后,她反而睡得很安详,呼吸很有规律。

他走到店门口,站在那里,看着拥挤的人群,等着她能够醒来。

七

耶路撒冷的罗马总督有一个年轻的妻子,在福斯蒂娜进城的前一晚上,她做了一场梦。

她梦见自己站在家里的屋顶,看着那美丽的庭院,那庭院是根据东方传统用大理石所铺成的,里面栽种着各种各样珍贵的树木。

但在庭院里,她看到世界上所有患病的和瞎眼的都聚集在那里。她看到有虫害缠身的，有肿疮疖的，有得了麻风病面部已经毁容的，有瘫痪的。他们都一动不动躺在那里，受着疾病的折磨和煎熬。

他们都挤在门口，想进入房子。有几个走在前面使劲敲着宫殿的大门。

最后，她看到一个奴仆打开门，走了出来，她听到他在说："你们想要干什么？"

他们回答说："我们要寻找上帝差遣到世上来的那位伟大先知。拿撒勒的先知在哪里？他是所有痛苦之人的主？那帮助我们脱离这种折磨的上帝在哪里？"

然后，那位奴仆傲慢无情地回答了他们，就像那些宫殿的侍卫赶走那些陌生人似的。

"找到那位伟大的先知对你们也没有任何好处。彼拉多把他杀了。"

所有身患疾病的人极其悲痛，咬牙切齿，声音大到让她无法忍受。

她的心里充满了对他们的同情，泪水从她的眼睛里流了出来。但是，她一哭，就醒了。

她后来又睡着了，又梦见自己站在家里的屋顶上，看着那个像广场一样的庭院。

看啊！庭院里坐满了那些疯癫的和那些受邪灵影响的人。她看见他们赤身露体，满头长发。还有些是在自己头上戴着稻草的冠，披着草编的斗篷，认为自己是国王。还有些人一直在地上爬来爬去，认为自己是野兽。有些人托着巨大沉重的石头，认为那些是黄金。还有些人认为邪灵在借着他们的口说话。

她看到这些人挤在一起，要朝着宫殿大门走来。那些在最前头的使劲敲打的宫殿的大门，希望能够进去。

宫殿的门最后还是被打开了，一个奴仆从门口出来问："你们想要十什么？"

他们就大声喊着："拿撒勒的伟大先知在哪里？他是上帝差遣来要拯救我们的灵魂的。"

她听到奴仆用一种非常冷漠的语气回答他们："你们寻找那位伟大先知是没有用的，彼拉多已经把他给杀了。"

听了这话,他们如旷野的野兽一般号叫起来,十分绝望。当她在梦中看到那些人的痛苦,她也痛苦地喊了起来。而她自己的喊声惊醒了她。

但她很快又睡着了。在她的梦中,在她家的屋顶上,四围坐着很多奴仆在为她击鼓弹琴,白色的杏树花也在为她飞舞着,探出头的玫瑰藤飘来一阵阵芳香。

她坐在那里,一个声音对她说:"去屋顶的阳台,看看那些站在那里等候的人都是谁?"

不过在她的梦中,她拒绝了,然后说:"我才不管是谁跑进了我的庭院。"

就在这时,她听到锁链的声音、锤子的声音,还有木头敲打的声音。她的奴仆停止了唱歌和演奏,很快走到栏杆那里往下看。她自己也坐不住了,也走了过去,往庭院里看。

她发现,庭院里满是世上所有可怜的囚犯。她看到那些要关在黑暗监牢的人戴着脚镣和手镣;她看到那些黑暗矿井中的人们托着沉重的木头;她看到了那些战船上的水

红襟鸟

手们托着沉重的铁桨；她还看到了那些要被钉在十字架上的人们背着自己的十字架，那些即将被斩首的人们带着巨大的斧头。她看见了那些要被卖到国外为奴的人们和那些极度想念家乡的人们。她看到了那些要做牛做马，甚至被鞭打到流血的仆人。

所有这些不幸的人们都齐声喊道："开门，开门！"

那个守门的奴仆走近问道："你们想要干什么？"

那些人用相似的方式回答："我们要寻找拿撒勒的伟大先知，他是来到这个世界给所有的囚犯和奴仆自由与喜乐的那一位。"

奴仆用一种懒惰且无情的语气回答："你们在这里根本找不到他的。彼拉多已经把他杀了。"

当这话说完，她在梦中觉得那些不愉快的事都带着轻蔑和亵渎的意味。这种恐惧把她叫醒。

彻底醒来后，她从床上坐起来，心想："这梦我不能再继续做下去了。虽然是半夜，不过我得保持清醒，真的不想再继续做这样可怕的梦了。"

虽然这样想着,不过她仍然非常疲倦,很快就倒在枕头上又睡着了。

她又梦见她坐在她家的屋顶上,这个时候,她的小儿子在那里跑来跑去地玩球。

接着,她听到一个声音对她说:"到屋顶的那些栏杆那里,看看那些站在庭院里的人们都是谁!"但是,她在梦中对自己说:"今晚已经看到了很多苦难了。受不了了。我哪里都不想去。"

在那一刻,她的儿子一投球,球就从栏杆那边掉了下来,所以那孩子就跑上前,爬上了栏杆。她一下子被吓坏了,急忙冲了过去,抓住了孩子。

但是,这时她正巧往庭院里看了看,又一次看到里面满满的人。

在庭院里的是所有在战场上受伤的人。有的失去了胳膊,有的失去了腿,有的伤痕累累,鲜血直流,整个庭院里都散发着血腥的味道。

除此之外,这里聚集了所有在战场上失去亲人的人们。有些失去了可以给他们保护的父亲，有的失去了他们所爱的另一半，有的年长的失去了孩子。

在他们最前面的一个一直推着门，守门的人又过来，打开了门，看到这些经受了各种战争和冲突的人说："你们到底想要干什么？"

他们回答："我们来寻找拿撒勒的伟大先知，他可以给这个世界带来和平，让战争不要再一次发生。我们寻找他，因他要将刀打成犁头，把枪打成镰刀。"

然后那奴仆有点不耐烦地回答说："你们别再来纠缠我了，我已经说了好多遍了。那位伟大先知不在这里，彼拉多已经把他杀了。"

于是，他把大门关了起来。但是睡梦中的她觉得呐喊与哀号即将来到。"我不想听到。"她说，于是马上离开了栏杆那里。她瞬间醒了过来。然后发现自己因为恐惧已经从床上跳了下来，站在冰冷的石头地板上。

她再次认为自己不能再睡了，不过她还是控制不住又睡着了。一闭上眼，梦又开始了。

她坐在自家的屋顶，身边站的是她的丈夫。她把做的梦告诉了他之后，她的丈夫还嘲笑了她一顿。

她又听到了一个声音对她说："去看看庭院里的那些人吧！"

不过她心里想："我不要去看。我今晚已经看到太多的苦难了。"

就在这时，她听到大门被狠狠地敲了三下。她的丈夫就走到栏杆那里，想看看到底哪位想来到他的家里。

还没有来到栏杆那里，他就向妻子招手，让她过去。

"你认识这些人吗？"他说，并朝下面指了指。

她低头往庭院里看了看，发现里面到处是马匹和骑手，奴仆们在忙着卸驴和骆驼。看起来好像有一位尊贵的旅客要来到似的。

这位旅客就站在大门口。他是一位身材高大的老人，肩膀很宽，表情忧伤。

梦中的她一眼就认出了那人，对丈夫说："这是在耶路撒冷的提比略·恺撒，肯定是他。"

红襟鸟

"我也看出来是他。"她的丈夫说。同时，他把手指放在嘴上，意思是要安静地听听庭院里的人们在说什么。

他们看见守门的人出来问了问陌生人："您要找哪位？"

而这位旅客回答说："我要找拿撒勒的伟大先知，他拥有上帝的能力，可彰显神迹。是提比略国王找他，因为他可以医治他的疾病，而且这疾病无人可医。"

他说完这话，奴仆谦卑地向他鞠了一躬说："我的主人啊，请不要发怒！不过您的愿望恐怕实现不了了。"

国王转身看了看在庭院里等候他的奴仆们，发布了一个命令。

奴仆们就立即往前走——有些手捧着各种饰物，有些拿着各种珠宝，有些托着一麻袋一麻袋的金币。

国王转向把守大门的奴仆说："这一切都是归他的，只要他可以帮助提比略。他可以把这些财富分给世界上所有的穷人。"

但守门的那位腰弯得更低，然后说："请不要向您的仆人发怒，不过您的请求无法得到满足。"

国王又朝他的奴仆挥了挥手，然后两个人就急忙来到了他的面前，手里拿着满是刺绣的袍子，上面还有一块闪闪发光的胸牌。

国王对奴仆说："请看！我献上整个朱迪亚的权力。如果他能来医治提比略的疾病，他就可以成为这地最高的统治者！"

那奴仆又将腰弯得更低，然后说："我真的无法帮到您。"

国王又朝奴仆挥了挥手，两位奴仆走向前，手捧着金色的王冠和紫色的袍子。

"请看，"他说，"这是国王的旨意：如果他可以医治提比略的话，国王承诺将先知任命为自己的接班人，并根据上帝的旨意，派他统治这个世界！"

然后，那奴仆跪在了国王的脚前，带着恳求的语气说："您的命令真的不在我的能力范围内。您寻找的那位已经不在这里了。彼拉多已经把他杀了。"

八

年轻的女子醒来之后,天已经亮了。她的女仆站在旁边等着给她更衣。

更衣时,她一句话都没有说,但是最后,她问那位给她整理头发的女仆,她丈夫是否已经醒了。她听说他要去审判一个囚犯。"我有话要跟他说。"年轻的女子说。

"夫人,"女仆说,"审讯期间找他很困难。等审讯结束了,我们再通知您。"

她默默地坐着,一直到梳洗打扮完,然后她说:"你们中间有谁听说过拿撒勒的先知吗?"

"拿撒勒的先知是一位行神迹的人。"其中一位奴仆回答说。

"夫人,您今天问起他的话有点奇怪,"另一个奴仆说,"因为他就是犹太人今天带来宫殿希望总督来审问的那个囚犯。"

她吩咐他们去确认一下那人为什么被审问,其中的一位奴仆就过去了。当她回来,她说:"他们说他要成为这地的王,所以希望总督把他钉死。"

总督的妻子听到这话,越来越害怕,她说:"我必须和我的丈夫谈谈,不然今天将会有大灾难发生。"

听到奴仆又一次说明这样做是不可能的,她就哭了起来。其中的一个奴仆被感动说:"如果您用书面的形式给总督捎个话,我可以试着帮帮您。"

随即,她就写了几句话交给了彼拉多。

不过她一天都没有见到他,因为他把犹太人打发走,犯人就被带到了刑场受刑,吃饭的时间也很快就到了,而且在此之前,彼拉多已经请了在这个时候访问耶路撒冷的罗马人,其中有军队里的指挥官,还有一些年轻的教师等等。

这次的宴席并不是很快乐,因为总督的妻子一直静静地坐在那里,情绪低落,一句话都没有说。

当客人们问她是不是生病了或有什么伤心事时,总督带着嘲笑的口气谈论着上午妻子给他的信息。他嘲笑她,因为她竟然会觉得一个罗马总督会愿意根据一个女人的一

红襟鸟

场梦来做出任何的决定。

她伤心但温柔地回答说:"事实上,这不是梦,而是神灵发出的一个警告,你至少应该让这个人度过这一天。"

他们看出她是多么忧虑。无论客人们如何想方设法安慰她,帮助她忘记这些幻想,她的心情也无法舒缓。

一会儿后,其中一个抬起头,大声说:"这是怎么了?我们竟然坐在这里这么久了?一天就这样过去了?"

所有在场的都抬起了头,他们才发现昏暗的暮色已经来临。傍晚的阳光如此美丽,万物都闪耀着五颜六色的光芒,然后又渐渐变淡,最后一切都变成灰色。

和其他事物一样,他们自己的脸也都跟着失去了颜色。"我们看起来真像死人一样,"一位年轻的教师说,"我们的脸都变成灰色了,我们的嘴也都变成了黑色。"

这黑暗变得更加剧烈,女人也变得越来越害怕。"我的朋友!"她终于开口了,"你们难道不觉得有神灵在警告你们吗?他们很愤怒,因为你们处罚了一位圣洁无辜的人。我在想,即使他现在已经上了十字架,也一定还没有死。"

愿他能从十字架上被解救下来！我会用我的双手抚平他的伤口。愿他能够重新得生！"

但是彼拉多笑着回答说："你说这些神灵的迹象，我相信肯定是对的。但是，他们那让阳光失去光彩并不是因为一个犹太叛乱者被钉十字架。相反，我们相信会有关于整个国家的重要事情发生。谁能说得清年老的提比略能活……"

他话还没有说话，黑暗就完全笼罩在这地，连自己前面的酒杯都看不见了。他赶紧叫了奴仆立刻准备蜡烛。

当亮到可以看到客人的面孔时，他明显注意到他们脸上的踌躇。"听着！"他半生气地跟他妻子说，"很显然，你已经成功地让你的梦影响了我们的乐趣。如果你实在想不起来有什么别的要说的，就让我们听听你的梦吧。跟我们说说，我们会尽量理解它的意思！"

年轻的妻子马上就准备好了。当她一个异象一个异象地说出来，客人们也越来越严肃起来。他们放下了手中的酒杯，紧皱着眉毛坐在那里。剩下唯一一个仍然还会嘲笑的，而且依然认为整件事不过是一个恶作剧的那人就是总督自己。

当她讲完，年轻的教师说："这的确不是一个简单的梦而已，因为今天我看见了进城的那人不是国王，而是他的老朋友福斯蒂娜。让我感到惊讶的是，她竟然没有出现在总督的宫殿里。"

"外边都在传国王得了一种难医治的病，"军队的一位官员说，"我觉得你妻子的梦很可能是从神而来的警告。"

"提比略一定是派人去找先知，希望他能够为自己治病。"年轻的教师说。

军官一脸严肃地对彼拉多说："如果国王真的要找到这位行神迹的人的话，你和在座的每一位都最好赶紧把他活着找回来。"

彼拉多愤愤地回答说："这黑暗是不是把你们变成孩子了？你们难道真的都成了解梦的先知了？"

但是，其中有人说："如果你派一个动作快的报信的，或许可以救了那人的性命，这也不是不可能的。"

"你这是在嘲笑我吧,"总督回答说,"如果大家知道一个总督因为妻子的一场梦就改判一个囚犯的话,你觉得这里的法律和秩序还有什么用呢?"

"我在耶路撒冷看见福斯蒂娜是事实而不是梦。"年轻的教师说。

"我有责任在国王面前捍卫我的行动,"彼拉多说,"他肯定会明白这位遭受士兵羞辱了都无法制止的人根本就没有能力去医治国王的。"

他说着,随着一阵雷鸣般的轰隆声,房子晃动了起来。总督的宫殿虽然没有坍塌,但是就在地震后那几分钟,传来阵阵房屋坍塌和柱子倒下的声音。

巨大的轰隆声刚一结束,总督马上喊来了一个奴仆。

"快跑到刑场,奉我的命把拿撒勒的先知从十字架上解救下来!"

奴仆匆匆跑了过去。那些客人赶紧从屋子里跑了出来,跑到了露天的地方,以防再有地震发生。没有人敢说一句话,一个个都在等候那位奴仆的回信。

他很快就回来了,站在总督面前。

"他还活着吗?"他说。

"主人,他已经死了,就在他断气的那一刻,大地震动。"

他的话还没有讲完,就有人使劲敲了两下外面的大门。他们听到这敲门的声音,都快跳了起来,以为是又地震了。

很快又一个奴仆过来了。

"那是福斯蒂娜和国王的亲戚苏比修斯。他们来是要您帮助他寻找拿撒勒的先知。"

柱廊那边听到窃窃私语,还有轻轻的脚步声。总督环顾四周后发现他的朋友们一个个都离他而去,好像感觉总督即将要面临一种恶兆似的。

九

老福斯蒂娜回到了卡普里岛,并找到了国王。她把自己的故事告诉了他,虽然说话时她几乎不敢看他一眼。她不在的那些日子,国王的病情越来越严重,她心想:"如果上天有眼,他们应该让我死去,免得让我告诉他一切希望都没有了,因为他已经够可怜,够痛苦了。"

让福斯蒂娜惊讶的是,提比略一直听着她的话,不过却没有一丝的反应。当她谈到那个施行神迹的人就在来到耶路撒冷的当天已经被钉死十字架,当她说到自己差一点就可以救了他,就这样失败了的时候,她哭了起来。但是提比略只说了一句话:"你为什么哭泣呢?在罗马一辈子都没有见过你童年在萨宾山经历的那些神迹奇事。"

这时,老妇人发现提比略其实根本就没有期望得到拿撒勒先知的任何帮助。

"既然你觉得所有的这些都没有用,为什么还让我跑到遥远的岛上?"

"你是我唯一的朋友,"国王说,"只要我还有权力在,为什么我要拒绝你的请求呢?

但老妇人不喜欢国王把她当做傻瓜。

"啊!你就是这么狡猾,"她大声说,"这就是我最受不了你的地方。"

"你不应该回来找我的，"提比略说，"你应该留在山上。"

他们两个经常这样发生一阵子的冲突，还没怎么开始，老妇人的怒火就平息了下来。她已经不像原来那样和国王争吵了。她压低了声音，但却不想放弃维护正义的权利。

"不过，他真的是一位先知，"她说，"我曾经见过他。当他看着我的时候，我就知道他是神。我真不该让他死。"

"我很高兴你让他死了，"提比略说，"他是一个叛徒，一个危险的动乱者。"

福斯蒂娜马上要激动起来，但还是忍住了。

"我曾与他在耶路撒冷的很多朋友都聊起过他的，"她说，"他根本没有犯过那些被指控的罪行。"

"就算他没有犯下那些罪行，他肯定不会比其他人好到哪里，"国王疲倦地说，"你哪里能找到一个一生中从来没有犯过罪的人呀？"

有一件事福斯蒂娜一直犹豫不决,也不知道要不要告诉国王。不过听了国王的这些言论,她还是决定告诉他。"我想让你看看他的能力,"她说,"我刚才说我用头巾给他擦了脸。正是我手里的这块。你是否可以看看?"

她在国王面前把头巾展开,从上面似乎可以看到一个人脸的影像。

老妇人的声音因激动而颤抖,她继续说道,"他知道我很爱他,我也不知道他是用什么力量留下了自己的影像。但是,当我看到它时,我已经是满眼泪水。"

国王身体前倾,看了看那影像,这似乎是由鲜血、眼泪和悲伤组成的。渐渐地,整个脸显现了在他眼前,简直就像是印在头巾上一样。他看到他额头上的血,被荆棘冠所刺破的头部,沾着血迹的头发,还有好似依然在痛苦颤抖着的嘴唇。

他继续往下弯了弯腰,希望能够看得近些。那脸看得越来越清晰。从这个影子般的影像上,突然之间,他好似看到了一双眼睛仿佛有了生命一样在朝着他眨。它们道出了他所经历的巨大痛苦,也表达了从未见过的纯洁。

他躺在沙发上看着那影像说,"这是一个人吗?"他轻轻地,慢慢地说,"这是一个人吗?"

他又静静地躺着,看着那影像。眼泪开始从脸颊上流了下来。"我为您的死而感到伤痛,您是未识之神。"他低声说。

"福斯蒂娜!"他大声喊道,"你为什么让这个人死了呢?他本可以医治我的。"

他又沉浸在这个影像上。

"啊!"过了片刻之后,他说,"即使我不能从您那里得到健康,我至少还可以为您报仇。我要重重惩处那些把您夺走的人。"

他又静静地躺在那里很长时间,然后滑到了地板上,跪在了影像前面。

"您是无瑕疵的人!"他说,"您是那位我做梦都没想过会看到的人。"然后他指着他的脸和受伤的手。"我和其他的人都是恶兽和怪物,只有您是无瑕疵的人。"

在这个影像前,他把头放得很低很低,都已经碰到了地面。"可怜可怜我吧,您是未识之神。"他抽泣着说,泪流满面。

"如果早见到您的话,看您一眼我的疾病就将被医治。"他说。

老妇人突然间觉得一阵恐惧,她心想,真不应该让国王看这头巾上的影像,真不够明智。她一开始就怕他看了之后更加悲伤。

国王的悲痛令她非常难过,所以她把那头巾收了起来,不想再让他看到。

于是,国王抬起了头。他的面貌却完全改变了,他重新又回到了得病之前的样子。那病好像是在他心中所存的藐视与仇恨的根似的,而当他感到慈爱与怜悯的那一刻,那病也就立即逃窜了。

第二天,提比略派遣了三个信使。

他派第一信使前往罗马下令参议院去调查巴勒斯坦的总督,调查他为什么滥用职权将一名无辜的人处死。

红襟鸟

他派第二信使来到葡萄园园户和他的妻子那里,向他们表示感谢,告诉他们都发生了什么事,而且还要重重地奖赏他们。当他们听见这一切,他们都感动地哭了。那男子说:"我真希望知道假如他们两位真的能够见到对方的话,会是什么样的一个状况。"但是,他的妻子说:"这是不可能会发生了。我们也只能想象一下而已。而且神早就知道这个世界不愿意这件事发生。"

他派第三信使前往巴勒斯坦,把耶稣的一些门徒带回到了卡普里岛。他们就在那里开始教导门徒,宣讲被钉死在十字架的那位。

当门徒来到卡普里岛时,福斯蒂娜躺在临终的病床上。在她去世前,她还让那伟大先知的门徒为她洗礼。洗礼时,她被称为维罗尼卡,因为借着她,要让整个人类认识救主的真实模样。

红襟鸟

故事发生在主刚创造世界的时候,他造了天地,所有的动植物,同时也给它们取了名字。

那段时间发生了很多故事。如果我们知道所有这些历史的话,我们应该会对世界上那些我们现在无法理解的东西有了更多的深刻认识。

一天,当主坐在乐园,给小鸟上颜色的时候,主的颜料用完了。如果当时没有给金翅雀的羽毛上色的话,金翅雀就会没有任何颜色。

就是在那个时候,驴子有了双长耳朵,因为它无法记得主给自己取了个什么名字。

它在乐园的草地上还没走上几步就已经忘记自己的名字,而且已经问了三次了。最后主变得有些无奈,揪着它的两只耳朵说:"你的名字叫驴、驴、驴!"当主揪着驴的耳朵让它听清楚记住自己名字的那天,蜜蜂也受了罚。

红襟鸟

主刚创造了蜜蜂,它马上就跑去采蜜,而世界上各样动物闻到蜂蜜的香味后,都想去品尝品尝。但是,蜜蜂希望一切都归为己有,谁靠近蜂巢一步,它就用自己身上的刺去刺他。主看到了之后,立刻把蜜蜂叫了过来,要惩罚它。

"我给你采集蜂蜜的本领是万物中最棒的一个,"主说,"但是我没有让你去伤害你的邻舍。请记住,你若用这刺去刺任何要品尝蜂蜜的人,你必定死!"

也就在那个时候,蟋蟀变成了瞎眼,而蚂蚁少了翅膀。许多奇怪的事情发生在那一天!

主坐在那里,高大且温柔。他用一整天的时间按照次序创造着一切。到了晚上,他想起要创造一只灰色的小鸟。"你的名字叫红襟鸟。"主创造完后说。然后,他把它放在自己的手掌上,松了手,就让它飞走了。

那鸟使劲伸着身上的翅膀,看了眼这个美丽的世界。它是那么希望看一下自己的模样。红襟鸟飞来飞去,也转来转去,最后在一片清澈的湖水面上终于看到了自己。但是，它却没有找到一根红色的羽毛。然后它就飞回主那里去。

主坐在那里，高大且温柔。从他手里飞出的蝴蝶正在他的头上展翅欲飞，鸽子站在他的肩上咕咕直叫；他身下的地面上也长出了各种各样的玫瑰花、百合花和菊花。

小鸟因为胆怯，心跳得非常快。但是，它在空中轻盈地打了几个弯，离主越来越近，直到最后在主的手上停了下来。主问小鸟要做什么时，小鸟说："我只想问一件事。""你想要知道什么呢？"主说。"我为什么要叫红襟鸟呢，而我全身都是灰的，从头到尾都是灰的。既然我一根红色的羽毛都没有，我为什么要叫红襟鸟呢？"小鸟用它那黑黑的小眼睛恳切地望着主，转过头，在它的身旁，它看见雉鸡浑身撒上金粉，看见鹦鹉美丽的红颈，看见公鸡那红色的鸡冠，当然还看见蝴蝶、金翅雀和玫瑰花！小鸟觉得只要主在它的身上加上一笔，它肯定就会变成一只美丽的鸟，至少可以和自己的名字相吻合。"既然我浑身都是灰色的，为什么要叫红襟鸟呢？"小鸟又问了一遍，然后

红襟鸟

等待着主说："我觉得我是忘记给你身上的羽毛涂颜色，不过稍等，马上就给你涂成红色。"

可是，主却只是微微一笑地说："我叫你红襟鸟，所以红襟鸟就是你的名字，但是你应该自己努力让自己变成红色。"然后，主抬起手，让小鸟飞回到了这个世界。

红襟鸟飞下来进入乐园，在那里沉思着。

作为一只小鸟，它怎么能自己努力改变羽毛的颜色呢？它想到自己唯一能做的事就是在蔷薇丛里筑一个巢。它后来真的就在茂密的荆棘中筑了一个巢，好像是希望有一朵蔷薇花能够粘在自己的脖子上给自己添点颜色似的。

那天以后，很多年都已经过去了。人类也已经慢慢发展进步，学会了开垦土地，懂得了远洋航行。他们会给自己制造各种衣服和装饰品，建造圣殿和城市，比如底比斯、罗马和耶路撒冷。

但是那一天将会被永远记录在史册上。那天上午，红襟鸟坐在耶路撒冷城墙外一个荒芜的小山丘上，正对着巢里的孩子们歌唱。

红襟鸟在给那些孩子们讲述主创造万物的故事，以及主怎么给世界上的一切起名字。自从第一只红襟鸟开始，每一只红襟鸟都会跟自己的孩子们讲述主的话语以及红襟鸟怎么离开主的故事。"而且记住，"它伤心地说，"这么多年都过去了，这么多的玫瑰都已经开过了，这么多的小鸟都已经来到这个世界上，但是红襟鸟还是一只灰色的鸟，没有成功得到任何红色的羽毛。生出来的每一只小红襟鸟也都是灰色的。"

孩子们一个个张大自己的小嘴巴问道，他们的祖先们是否曾努力去赢得那珍贵的红色。

红襟鸟说："我们都尽力了，但是，我们都走偏了。第一只红襟鸟有一天遇见了一只跟自己长的一模一样的鸟，很快就爱上了它，感觉肚子里流淌着强烈的爱。'啊！'它想，'现在我明白了！主的意思是我应该热烈地去爱，我肚子上的羽毛就会因为我心中燃烧的爱而变成红色。'但是，

红襟鸟

它错了。后来的红襟鸟也错了,你也会错的。"孩子们一直在喳喳叫,完全不知所措,开始感到非常悲伤,因为它们好像永远都不会变成红色的。

"我们也希望歌唱能帮助我们。"另一只长大了的红襟鸟拖长了声音说,"第一只红襟鸟一直唱呀唱,直到心脏膨胀了起来,无法自拔,然后才重新燃起新的希望。'啊!'它心想,'是歌唱在我心中所燃起的热情让我肚子上的羽毛变成红色。'但是,它错了,后来的红襟鸟也错了,你也会错的。"从这只红襟鸟那脆弱的声音中传来了一种悲伤的"唧唧"声。

小鸟说,"我们也算是比较勇敢和坚强了。第一只红襟鸟还与其他的鸟类英勇作战,胸口会因为胜利的骄傲而感到在燃烧。""啊!"它想,"我肚子上的羽毛会因为心中的好战而变红的。""它又错了,后来的红襟鸟也错了,你也会错的。"小家伙们勇敢地唧唧地叫着,多么希望能够赢得一直寻找的那个奖赏。但是小鸟告诉它们这是不可能的。当过去那么棒的红襟鸟都没有实现这唯一的愿望时,它们能做什么呢？它们除了去爱，去唱，去战之外还能做什么呢？它们还能做什么呢？——那只小鸟停了下来，因为就在耶路撒冷的一个城门那里，来了一大群人，在它们筑巢的那个山丘上走着。有骑士骑着骏马，有士兵手持着长矛，有带着钉子和锤子的行刑的人。人群中还有法官和祭司，一个哭着的妇女，还有一群人疯了似的跟在后面，又吵，又脏。

灰色的小鸟坐在巢边一直颤抖着，害怕这个小小的蔷薇丛会被践踏，担心里面的孩子们会被踩死。

"当心！"它大声地告诉这些根本没有任何保护能力的孩子，"大家待在一起，安静点。有一匹马正朝着我们跑来！有一个穿着金属扣凉鞋的士兵来了！有一群野兽般的人来了！"红襟鸟马上停止了警告声，变得从容淡定，几乎忘记了所潜伏的危险。它飞快地飞了过去，展开自己的翅膀护住了那些孩子们。

"哦！这太可怕了，"它说，"我真不希望你们见到这悲惨的一幕！有三个囚犯将要被钉死在十字架上！"

红襟鸟

它用翅膀把孩子护了起来,所以它们根本什么都看不到,只是听到锤子的声音、痛苦的呼喊,和人群中传来的各种尖叫声。

红襟鸟眼睛盯着这一切,越来越害怕,一直瞪大眼睛看着那三位被挂在十字架上的人。

"多么可怜的人类!"红襟鸟说,"把人钉在十字架上还不够,怎么其中一个的头部还用荆棘冠刺伤。那荆棘已经伤到他的眉毛了,而且还有血从他的脸上流了下来,"它继续说,"而这个人是如此的美丽,眼睛和蔼地看着四周。当我看到他受痛苦的时候,我觉得像一把剑穿透我的心似的疼痛。"

红襟鸟开始为这位受荆棘冠折磨的人感到越来越伤心。"真希望自己是一头雄鹰,"它心想,"这样我就可以把他手上的钉子拔出,用我锋利的爪子把所有折磨他的人赶走。"它看到鲜血从十字架上那人的眉头流淌了下来,无法再这样继续待在巢里保持沉默。"就算我渺小软弱,我仍可以为这个饱尝折磨的人做点什么。"红襟鸟说。然后,它离开了它的巢，飞到了空中，在十字架上的那位周围一直打转，一直不敢停下来接近他。因为它这只羞怯的小鸟从来没有靠近过人类。但渐渐地，它鼓足了勇气，飞到他的身边，用它小小的嘴叼出了刺入那人眉头的一根荆棘。

它正叼那刺的时候，一滴血从那被钉死十字架的人脸上滴到了它的肚子上。血滴很快散开，把它肚子上的羽毛染成了红色。

然后钉在十字架上的那位开口，低声对红襟鸟说："因为你的爱心，你可以得到你一直所期望得到的了。"

当红襟鸟回到自己的巢里，它的孩子们大声喊叫说："你肚子上是红色的！你肚子上的羽毛比玫瑰还红！"

"这是那位可怜的人额头上的血，"红襟鸟说，"到水池里或者池塘里洗个澡就没有了。"

但无论它怎么洗，红色都洗不掉。它的孩子们长大后，肚子上的羽毛也一直是血红血红的，一直到如今，就像红襟鸟肚子上的羽毛颜色一模一样。

主与圣徒彼得

这件事发生在主和圣徒彼得刚刚来到天堂的时候,那个时候他们刚刚经历人世间多年的痛苦。

对于彼得来说,这种转变是一件美事。现在他可以坐在天堂里的山上观看这个世界,而不用再像讨饭一样一家一户地跑来跑去了。他可以在天堂里的花园中散步,而不再需要在下雨天里四处躲雨,也不必再被迫在一条既寒冷又黑暗的道路上流浪了。

在经历了这么多之后,来到一个正确的地方是一件多么大的美事。彼得也不清楚所有的人是否都能够有一个很好的终结。他自己时不时地产生过这样的怀疑与困惑,他时常思考的一个问题是:如果主是万主之主的话,人为什么要经历在地上的痛苦呢?

不过现在没有任何困难可以再折磨他了。他感到非常高兴。

现在，他可以笑着回顾那些他和主曾经被迫经历的苦难，以及那一点点他们不得不感到满足的小事。

有一次，因为一些很糟糕的事情，彼得忍受不下去了，所以，主就把他带到一座山上，跟他一起爬山，但却没有告诉他要去做什么。

他们穿过几个城市，来到一座山的山脚下。那里有很多高耸的城堡。他们经过了农田和小屋，直到最后一所樵夫的洞穴也被抛在后面。

最后，他们来到山上一片光秃的地方，那里看不见一丝绿色，有一位隐士在那里建了一所小屋，他在那里接待有需要的旅人。

后来，他们走过一片雪地，那里睡着山鼠，又来到一片堆积的浮冰，浮冰侧翻着翘了起来，就连臆羚也无法过去。

就在那浮冰上面，主发现了一只红腹的鸟躺在那儿，已经冻死了。主轻轻地捡起红腹灰雀，慢慢地放在自己怀里。而彼得还记得他当时在想是否可以把它当做食物吃掉。

他们在滑溜溜的冰面上徘徊了好一阵子，对于彼得来说，他也从未如此接近过灭亡。致命的寒风和致命的黑暗薄雾笼罩着他们，根本找不到任何一个活物。而且他们只不过才走到半山腰。

然后，他恳求主让他回头。

"暂且不行，"主说，"因为我想让你看到一件可以让你勇敢面对所有痛苦的事。"

他们穿过薄雾和寒冷来到一个极高的高墙那里，没有办法继续前进。

"这墙环绕着整座山，"主说，"你从哪里都没有办法越过去的。谁都看不到高墙后面的事物，因为天堂就从此开始。从这里到山顶都是得永生的人。"

彼得看起来却有些怀疑。主说："那里没有寒冷与黑暗，而是充满光明。"

但彼得却不愿意相信这一点。

主就拿出刚刚那只冻死的鸟，顺手将手里的鸟投进了天堂。

彼得立刻就听到里面传来红腹灰雀那响亮的唧啾声,感到非常惊讶。

他对主说:"让我们回到世上,去经历要遭受的那些痛苦吧!因为您所传是真理,我也看到了死而复活。"

他们从山上走了下来。

好几年过去了,彼得一直也没有了解到天堂的其他事情,不过他一直是那么渴望了解高墙后的未知领域。然而现在,他既然已经在那里了,也已经不需要其他努力或奋斗,反而可以整天在那里饱尝永远常流的活水。

不过彼得进入天堂还不到两周,就有天使来到坐在宝座上的主那里,向他下拜七次,告诉他彼得一定是遭遇了一次巨大的悲痛。他不吃不喝,眼睛通红,就像几个晚上没有睡觉那样。

当主听到这里,站起来,要去寻找彼得。

他在很远的地方发现了彼得,那是靠近天堂边缘的地方了。彼得那时正躺在地面上,好像疲惫得站不起来了一

红襟鸟

样，衣服撕裂，头蒙灰尘。

主看见他如此伤心，就在他身旁坐了下来，陪他说话，就像他们还在痛苦的世界时一样。

"什么让你如此伤心呀，彼得？"主说。

但是彼得非常伤心，伤心到都无法说出话来了。

"什么让你如此伤心呀？"主又一次问道。

当主再一次重复这个问题时，彼得把头上的金冠摘了下来，丢在了主的脚前，仿佛在说他不再想要分享主的尊贵和荣耀。

主当然明白彼得是因为太伤心，才做了那些事，所以主没有生他的气。

"你一定要告诉我什么使你难过。"主像以前一样温柔地说，声音中传递的更多的是对彼得的关爱。

但是，彼得却跳了起来。主就知道，他不只是惆怅，而是极度生气。他紧紧地握着拳头，怒视着主。

彼得说："我不想再待在天堂了，一天都不想待下去了。"

当彼得脾气爆发出来的时候,主都会努力让他平静下来,他也曾经多次这样劝说过彼得。

主说:"你当然可以离开了,但是你必须先告诉我是什么让你伤心的。"

彼得说:"我们两个在世上经历种种的苦难时,我一直在期望着一个更好的奖赏。"

主看到彼得的灵里充满了怨恨,却一点都没有生他的气。

主说:"你可以自由选择到任何想去的地方,不过你要让我知道令你伤心的是什么。"

最后,彼得把原因告诉了主,他说:"我曾经有一个老母亲,她几天前去世了。"

主说:"我明白了,因为你的母亲没有进天堂。"

彼得一边哭,一边说:"没错。我认为她至少也会因为我的原因进入天堂呀。"

但是,主知道了原因后,自己也感到非常难过。彼得的母亲没能进入天堂,因为她除了积攒钱财,从不会给家门口的那些穷人一分钱或者一片面包。不过主明白彼得是不可能知道母亲是因为贪婪失去了这个福分。

主说:"彼得,你怎么能确定你母亲会习惯这里呢?"

彼得说:"你这样说是因为你根本就没有听我的祷告。谁不喜欢进天堂呢?"

主说:"一个不能因他人的喜乐而喜乐的人是不可能喜欢待在天堂的。"

"天堂里有很多人比我的母亲更不应该属于这里。"彼得说,而主知道彼得这时想到的是主的帮助。

但是主却非常难过,因为彼得已经伤心到不知道自己在说些什么。主在那里站了一阵子,希望彼得能够悔改,也希望他能够明白他的母亲其实并不适合天堂。但是彼得没有屈服。

主因此就叫了一个天使飞到地狱里把彼得的母亲带到天堂。

彼得说:"让我看看他怎么把她带过来。"

主握着彼得的手,带他来到悬崖边。主告诉彼得探过去一点点头，好看到下面的地狱。

彼得向下看去，就好像在看一口很深很深的井一样，根本就看不清楚什么。那仿佛是一道看不见底的深渊。

他隐隐约约看到了天使已经朝着下面飞去。彼得望着天使俯冲到了最深最暗的地方，毫无畏惧。他的翅膀微微展开，好像不愿意下降得太快似的。

彼得一直看着，眼睛越来越适应那黑暗，反而看到的越多。他看到天堂是在一个环形的山上，围绕着一个深渊。深渊的最下面就是罪人所在的地方。他看到天使一直往下飞，一直往下飞，还是没有飞到底。彼得开始觉得下面真是深得让人害怕。

彼得说："只希望他把我的母亲带上来！"

主伤心地看着彼得说："天使有的是力量与能力。"

天使到了最深最深的地方，那里一丝光都看不到，是一片彻彻底底的黑暗。不过，因为天使带着亮光，所以彼得还能看到一点点下面的情况。

这是一个无底的黑岩荒地，下面铺满了尖锐的岩石。

红襟鸟

那里没有一片绿叶，没有一棵树，没有一丝的生机。

在那锋利的岩石上到处是被咒诅的灵魂。他们就这样被困在那里，极度希望从那最深处往上爬。不过他们哪里也去不了，只能一直痛苦地待在那里。

彼得看见他们有些是坐着，有些是躺着，胳膊一个个伸得直直的，眼睛一个个往上看。其他有些则是用双手捂住自己的脸，好像害怕看到周围的恐怖。他们一动不动，也没有任何人有能力动那么一下。有些是静静地躺在水池里，连动弹一下的都没有。

但是，其中最可怕的事是——真的有太多太多迷失的灵魂，仿佛谷底就是由密密麻麻的身体和脑袋组成的。

彼得感到极度的恐惧，对主说："天使肯定找不到我的母亲。"

主带着同样伤心的表情看着彼得，他知道彼得没必要为天使担心。

不过，彼得就这样看着一切，觉得天使在这么一群迷失的灵魂中根本就找不到他的母亲。而天使展开自己的翅膀，在这最深处飞来飞去，寻找彼得的母亲。

突然，在迷失的灵魂中，有一个看到了天使，他使劲伸着胳膊，大声喊叫说："请把我带走！请把我带走！"

然后，一下子，整个人群都跟着喊了起来。所有这些在地狱里受痛苦的人立即也朝着天使喊叫，希望天使能够把他们带进天堂。

他们的尖叫声一直传到了主和彼得的耳朵里，他们听到这些声音，心中非常伤心。

天使看到他要找的那位。他把翅膀放在了背后，飞得简直像闪电一样。看到天使一手抱起了自己的母亲，彼得非常高兴。

彼得说："愿颂赞归给你，因为你使我的母亲回到我的身边！"

主把手轻轻地放在彼得的肩膀上，好像在提醒他不要高兴得太早。

不过，彼得高兴得都哭了，因为他的母亲被救了回来。他觉得没有什么东西可以将他们分开了。彼得越来越高兴，但他突然发现，当天使把彼得的母亲抬起来的时候，好几个迷失的灵魂同时也牢牢地抓着他的母亲，也希望可以进入天堂。

抓着彼得母亲的有十来个人，而彼得认为母亲能够帮助那些可怜的人们脱离地狱也是件荣耀的事。

天使并没有阻止他们这么做，也根本没有因为负担太重而感到困扰，而是继续向上飞，不用吹灰之力，仿佛带着一只死掉的小鸟一样在飞着。

随后，彼得看见母亲开始摆脱那些拖住他的人。她伸手抓住那些人的手，把他们的手一个个地掰开，使他们掉回到地狱里。

彼得能听到他们对母亲的央求，但是母亲却只想自己一人得救，而不是带着其他人。

她一个个把人甩了下来，让他们落入原本的痛苦之中。当他们掉下的时候，那里充满了悲叹和诅咒。

彼得央求他的母亲去施怜悯，但母亲却不愿听从。

彼得看到了天使越飞越慢，背负也越来越轻。彼得害怕到两腿发抖,被迫之下,他跪到了地上。

最后,只剩一个受咒诅的灵魂紧紧抓住他的母亲。那是位年轻的女子,她紧紧地抱着彼得母亲的脖子,在她耳边祈求她说他们会一起进入天堂。

天使已经离彼得很近了,近到他可以接住母亲。彼得以为天使的翅膀再动那么一两下就可以来到山上了。突然之间,天使的翅膀就一动不动了,脸也变得如夜晚一般的黑暗。

这时,彼得母亲的手伸向了后面,抓住紧紧抱着她的那位年轻女子的胳膊,使劲地掰开那女子的双手,把最后的一个人也摆脱掉了。

那女子跌落了之后,天使一下子跌落到了很深的一个位置,好像已经没有任何力气再抬起自己的翅膀了。

天使伤心地看着彼得母亲,也松开了自己的手,任由彼得的母亲跌落了下来。就好像虽然只剩她一个人,天使也感到无力承担了。

天使很快就飞回了天堂。

红襟鸟

但彼得却一动不动地在那里哭泣，主只是默默地站在他的身旁。

主最后开口说："彼得，我从来没有想过你来到天堂后会哭成这样。"

彼得抬起头说："这算什么天堂呀？到处可以听到我亲人的哀哭，看到同胞的痛苦！"

主伤心地说："我预备了一个天堂，难道不是希望那里只有光亮和喜乐吗？难道你不明白我去到人世间就是要教导人去彼此相爱吗？一个人如果懂得去爱人，也会懂得何谓上帝的旨意。"

圣 火

一

很多年前，当佛罗伦萨这个城市才刚刚建立共和国时，有一个名叫拉涅罗的人住在那里。作为一个武器制造商的儿子，他懂得父亲的这个行业，但他却没有多大兴趣继承父业。

拉涅罗在男人中属于强者。有人说他身穿一身重重的铠甲简直就像身穿真丝一般轻盈。他虽年轻，却很有力量。在他家里，粮食都是存放在阁楼里的。有一次，上面堆积的粮食太多，阁楼上的横梁就断裂了，整个房顶马上就要塌下来，拉涅罗竟然用双手撑起了整个横梁。

有人说拉涅罗属于佛罗伦萨最勇敢的人，他永远都在打斗。听到街上任何喧嚷，他都会立刻从作坊里冲出来，希望加入某一场打斗。为了名扬天下，他不仅和农民打过，也和骑兵斗过。他会像个疯子似的冲进一场打斗，根本不管对手是谁。

　　佛罗伦萨那时非常强盛。人们大多从事羊毛纺纱和织布生意，而这些生意也让这个地方非常和平。强壮的男士很多，之间也没有什么争吵，而且大家都为自己城市的治安感到骄傲。拉涅罗却经常抱怨，因为在佛罗伦萨，国王周围不需用勇士护卫，否则的话，他一定找机会耀武扬威。

　　拉涅罗嗓门很大，喜爱自夸，对动物非常残忍，对妻子非常苛刻，好像根本就不会善待生活在他周围的任何人。如果脸上没有那几道巨大的伤疤，他长相还算英俊。他这人下结论很快，虽然方式上有些暴力，不过行动倒是爽快。

　　拉涅罗的妻子是弗朗西斯卡，她是雅格布·乌贝蒂的女儿，而雅格布是一个拥有智慧和影响力的人。雅格布可不想把女儿嫁给拉涅罗这样的恶棍，所以他一直反对他们的这段婚姻。可是弗朗西斯卡逼着父亲让步，而且宣称非他不嫁。当雅格布终于同意他们的亲事时，他对拉涅罗说："我知道你很容易赢得一个女人的心，但却不会留住一个女人的心。所以，我希望你能承诺我一件事，如果我的女儿发现跟你无法生活在一起,请不要阻止她回到我身边。"弗朗西斯卡说没有必要让他去做这样的承诺,因为她是那么爱拉涅罗,爱到任何事物都无法将两人分开的地步。但拉涅罗很快就做出承诺。"这件事你可以放心,未来的岳父大人,"拉涅罗说,"我不会强逼任何女人待在我身边的。"

然后,弗朗西斯卡就和拉涅罗结婚了,开始生活在一起。后来的一段时间里,两个人相处得也很融洽。他们结婚几个星期以后,拉涅罗心血来潮要练习射击。他每天都对着挂在墙上的画靶练习,很快就熟练了,而且百发百中。最后,他觉得自己应该找个难些的目标,却发现除了庭院大门上笼子里的那只鹧鸪,没有别的目标可选。

这只鹧鸪是弗朗西斯卡的,她非常喜欢它。尽管如此,拉涅罗还是令一个仆人打开笼子。鹧鸪飞到空中,他就把它射死了。

这是很成功的一次射击,他高兴地到处跟人吹嘘这件事。

弗朗西斯卡得知拉涅罗已经把她的鹧鸪射杀掉后,脸色苍白，用眼睛瞪着他。她真想不到拉涅罗竟然会做出这样令她难过的事。但是，她却很快原谅了他，而且还是像原来那样爱他。

再后来的一段时间里，一切都顺顺利利。

拉涅罗的岳父雅格布从事的是亚麻纺织的生意。雅格布有一个很大的公司，也有许多大的生意要做。拉涅罗发现雅格布的作坊里将大麻纤维混入亚麻进行纺织，就到处传播此消息。雅格布听说后，立即开始行动，希望能止住流言。他让其他几个亚麻织工去检查那些纱线和布料，检查的结果发现那些产品都属于最棒的亚麻织品。不过在一包要出售给佛罗伦萨境外的产品中，发现了混纺织物。雅格布说自己对这种掺假行为并不知晓，而且这种掺假行为也并未经得他的同意，是那些帮工所为。

雅格布很快明白不管说什么，他都很难说服大家。他一向为人诚实，但是，这件事的确让他的名声受到了影响。

拉涅罗则在一旁幸灾乐祸，他觉得自己成功地揭露了一桩骗局，他甚至会当着弗朗西斯卡吹嘘自己的发现。

弗朗西斯卡感到非常伤心，甚至是惊讶，就像上次听到他杀了那只鹌鹑一样。当她想到这里，她觉得自己的爱就像一块很大的，而且金闪闪的布。她可以看到它有多大，如何闪闪发光。但是，在一个角上，有一块已经被剪掉，变得没有原来那么大，也没有了原本的那种美。

不过她心想，至少还没有完全毁掉："只要我还活着，它可能都还可以用，而且不会完全毁掉。"

又有一段时间，她和拉涅罗仍然生活得就像当初那样的幸福。

弗朗西斯卡有一个名叫塔迪欧的弟弟。他原来一直待在威尼斯，而且他在那边还购买了不少丝绸和天鹅绒衣服。回到家里，他整天穿着这些衣服到处走。

佛罗伦萨的人并不喜欢身着昂贵的衣服，所以取笑他的人很多。

有一天晚上塔迪欧和拉涅罗在一间店铺里喝酒，塔迪欧穿着一件绿色的披风，里面是貂皮衬里，还穿了一件紫色的外套。拉涅罗等他醉醺醺睡着后，把他的披风脱了下来，给菜园子里的那个稻草人穿上了。

弗朗西斯卡听到这个消息，又一次被拉涅罗给气坏了。那一刻，她看到那块很大的，而且金闪闪的布——她的爱——一点点地少去，是拉涅罗在一块块把它裁掉。

这件事之后，虽然平息了一段时间，但是弗朗西斯卡不再像以前那样快乐，因为她总是担心拉涅罗会再一次伤害她。

不过，拉涅罗确实永远无法安宁。拉涅罗希望大家常常谈到他，处处赞美他的勇气与胆量。

当时佛罗伦萨的教堂比现在的要小很多，而且在其中的一个塔楼顶部挂着一个非常大、非常重的盾牌，那可是弗朗西斯卡的一个祖先挂在上面的。

那是佛罗伦萨人能搬动的最重的一个盾牌了，因为这是乌贝蒂家族的人爬上塔楼把它挂上去的，所以乌贝蒂家族的人都以此为傲。

但是拉涅罗有一天爬了上去，把它摘了下来。

弗朗西斯卡听到这个消息后，非常伤心，她求他不要再侮辱她的家人了。哪知拉涅罗却期望她赞扬自己的壮举，所以听到后非常生气。拉涅罗说自己早就发现到她只顾自己的家人，根本就没替他高兴过什么。"我想的是别的，"弗朗西斯卡说，"那就是我的爱。如果你继续这样下去，我不知道有一天它会变成什么。"

从此之后，他们经常争吵，因为拉涅罗在持续不断地惹弗朗西斯卡生气。

拉涅罗的作坊里有一个工人。那人个子小小的，还有些跛脚。那人在弗朗西斯卡结婚之前就已经爱上了她，而且在她结婚后仍然在爱着她。拉涅罗早就知道这事，所以经常在一群朋友面前开那人的玩笑。最后，那人忍无可忍，就和他打了起来。

但是，拉涅罗却只是嘲讽地朝他笑了笑，一脚就把他给踢到了一边。那人觉得自己已没有勇气活在世上，就上吊死了。

这事发生时，弗朗西斯卡和拉涅罗已经结婚一年左右了。弗朗西斯卡又看到了自己的爱——那块很大的，而且金闪闪的布。这布的边缘已经被剪掉了太多，只剩下不到一半大小了。

弗朗西斯卡变得有些惊慌，她心想："如果我和拉涅罗再一起生活一年，他会完全毁掉我的爱的。"

虽然她觉得自己不可能怨恨他，但是她最后决定离开拉涅罗，回到父亲家里。

那天，雅格布·乌贝蒂一个人坐在那里，旁边的工人都在忙碌做工。他突然看到女儿出现在自己的眼前。他跟她说自己早就预料到有今天了，不过事情都会过去的。他立刻吩咐工人们停止工作，回了家，并关上了房门。

雅格布在作坊里找到拉涅罗。"我女儿今天回到家里求我留下她，"雅格布对女婿说，"因为你曾经许下承诺，请你不要再逼她回到你那里。"

拉涅罗似乎没有把他的话当回事，但是却回答说："即使我没有许下任何承诺，我也不会让一个根本不愿意做我妻子的人回来的。"

他知道弗朗西斯卡多么爱他，所以他还自言自语说：

"她晚上肯定会回来的。"

但是，那天弗朗西斯卡没有出现，第二天也没有出现。

第三天，拉涅罗出了门，在追一群匪徒。这群人经常找佛罗伦萨商人的茬儿。他抓住他们就把他们关在了佛罗伦萨。

他沉默了几天，直到他觉得整个城市都已经听说他的壮举。不过，事情并没有像他期望的那样发生，他本觉得这样就可以使弗朗西斯卡回到他身边的。

拉涅罗非常想通过法庭诉讼迫使弗朗西斯卡回来，不过他知道因为曾经的一个承诺，他不能这样做。他无法生活在这个城市了，因为大家都知道他的妻子抛弃了他。于是，他离开了佛罗伦萨。

他先做了一名军人，后来又做了名志愿兵连队的队长。他永远都是在战斗，也跟过很多的军官、首领。

他被称为斗士，他自己也经常这样称呼自己。他被封过爵士，也被视为伟人。

红襟鸟

离开佛罗伦萨前，他来到教堂，在圣母像前发誓，将所有战斗中赢得的贵重或稀有的物品都奉献上。所以，圣母像前摆着很多昂贵的礼物都是拉涅罗奉献的。

拉涅罗知道佛罗伦萨的人都知道了他的行为。而弗朗西斯卡虽然也知道他一切的丰功伟绩，却一直没有回来找他，这确实让他感到奇怪。

当时的人们在宣讲开始十字军东征的事，为要将圣墓从穆斯林的占领下争夺回来。拉涅罗背着十字架，启程前往东方。他不仅希望赢得那些建筑和土地，而且希望能够凭自己的战功使妻子再一次回到他的身边。

二

耶路撒冷被占领的那天晚上，从城外十字军的队伍中传来欢呼的声音。几乎在每一个帐篷里，大家都在喝酒庆祝，欢乐的声音传遍了四周。

拉涅罗也跟大家一起喝酒庆祝。他的帐篷里更加热闹。仆人们刚倒完酒，酒杯就空了。

这一天对拉涅罗而言是最值得庆祝的。因为那天早晨，当整个城市被围困时，他是继布洛涅的戈弗雷后第二个爬上高墙上的人。所以那天晚上，在整个军队里，他的勇敢得到了极大的赞赏。

当掠夺和谋杀结束后，十字军身穿白色蒙头罩袍，头戴尖帽，拿着点燃的蜡烛进入圣墓教堂，戈弗雷宣布让拉涅罗第一个点燃圣墓前的那些蜡烛。戈弗雷似乎要借着这样的方式表明拉涅罗是整个队伍中最勇敢的人。

拉涅罗为此感到非常荣耀。

那天晚上，当拉涅罗和客人们正在兴头上，一个小丑和几个音乐家进入了拉涅罗的帐篷，小丑说想给他们讲一个故事。

拉涅罗非常好奇地想听听他的故事。

小丑说："有一天，主和圣徒彼得在天堂坐了一整天，他们望着这个世界。世界上有那么多的东西要看，所以他们都没有时间交流一句。主是一动不动地坐在那里，而彼得则时不时开心地鼓起掌，又时不时厌烦地摇摇头。有时

红襟鸟

候开心到欢呼,有时候同情到痛哭。一天结束了,暮色照着整个天堂,主对彼得说,现在肯定满足了吧。'我为什么感到满足呢?'彼得随意地问了一声。'为什么?'主慢慢地说,'我还以为你会因为今天所看到的一切而感到满足呢。'不过,彼得却没有听进去。他说,'耶路撒冷很多年都被外邦人所统治,这已经让我伤透了心,但是从今以后,耶路撒冷很可能会跟原来一样了。'"

拉涅罗明白小丑说的正是今天所发生的事。他和其他的骑士们更加认真地聆听了起来。

"当彼得说完这话,"小丑瞄了眼周围的骑士继续说道,"他俯身在塔顶,并指着这个世界。他让主看了看这座建在山谷中一块巨大石头上的城市。'你看到那一堆的尸体了吗?'他说,'你看到那些手无寸铁,可怜的囚犯在那寒冷夜晚的呻吟了吗?你看到大火中燃烧着的废墟了吗?'主看起来好像不愿意回答他,但是彼得仍然在继续悲叹。他说自己不知道多少次因为这座城市伤心难过了,但是他并没有想到它会有那么多的问题,并没有料到它会变成这个样子。主说：'不过，你不能否认，作为基督徒的那些骑士的确已经冒了生命危险，有着那么大的胆量。'"

小丑被那些称赞的声音打断，不过还是接着讲了下去。

"别打断我，"他说，"我现在都忘了刚才说到哪里了！对了，我是要说，彼得赶紧擦干了眼泪，怕让主看到。'我从来没有想到他们会这样野蛮，'他说，'一整天里，他们都在杀戮和毁灭。你为什么会为这样的人钉死在十字架上呢？我实在不能理解。'"

骑士们非常礼貌地听着他讲，而且一个个都开心地笑了。

其中一个大声喊着说："说什么呢！小丑！彼得生我们的气了？"

另外一个人说："闭嘴，让我们听听主有没有为我们辩护吧！"

"没有，主一直保持着沉默。他知道彼得曾经的经历，也不会与他争辩。他说主根本不需要告诉他那些人到了哪个城市，赤着脚穿着白色袍走到哪个教堂。不过这种情绪并没有持续很久，随即，彼得再次俯身去看耶路撒冷，指着城外的军营。'你看到骑士们是如何庆祝胜利的吗？'他问。主在这营里看到了无处不在的狂欢。骑士们和战士们坐在那里看着叙利亚的舞者。酒杯盛着满满的酒，大家喝了一轮又一轮，掷着骰子分着那些战利品。"

"他们听小丑讲着令人不舒服的故事，"拉涅罗说，"这难道不也是罪吗？"

小丑笑着朝拉涅罗摇了摇头说："等等！我会还给你的。"

"不要，请不要打断我！"他又一次请求问，"一个可怜的小丑很容易把要说的话忘了的。哦！是这样：彼得问主会不会因为这些人而感到骄傲。对这样的问题，主应该回答说肯定不会的。

"'他们离家之前要么是强盗，要么是杀人犯，今天还是强盗和杀人犯。你的应许根本就没有实现，根本就没有人能改变的。'彼得说。"

"你给我过来，小丑！"拉涅罗用威胁的口吻说。但小丑似乎以此为荣，因为他一直在看自己到底能讲到哪里。既然还没有人生气地跳起来，或者要赶他走，他就继续讲，没有任何害怕。

"主只是低着头，好像在承认对自己的指责一样。但是同时，他俯身向前，更加仔细地往下看。彼得也往下看，问主说：'你要找什么？'"

小丑在讲的时候，面部表情非常生动活泼。骑士们眼前好像真的看到了主和彼得一样，他们非常想知道主到底看到了什么。

"主说没看到什么特别的，"小丑说，"彼得看着主眼睛所注视的那个方向，但是他却什么都没有发现，只是看到主坐在那里，看着一个大帐篷，外面则摆放着几个穆斯林的头颅，长长的骑枪，精美的地毯，金色的容器和昂贵的武器，这些全是从圣城里掳掠回来的，已经堆成了堆。他们在帐篷里还是在做着曾经在军营里的那些事。骑士们坐在那里，已经喝完了酒杯里的酒。他们在这里可以尽情

红襟鸟

地喝酒,而这就是和在其他地方的唯一差别。彼得不明白主为什么高兴地看着这些。很多张残酷的脸都出现在了这酒桌前。其中有一个是他们中间最令人害怕的人,那人三十五岁,又高又大,脸上到处是伤疤,双手长满了老茧,声音咆哮如雷。"

小丑在这里停顿了片刻,有点不敢继续下去,但是拉涅罗和其他人喜欢听他谈谈自己,暗地里在嘲笑他的勇气。"你真是有胆量,"拉涅罗说,"也请让我们见识见识你到底要表达什么吧。"

"最后,主说了几句话,"小丑说,"这让彼得明白主为什么高兴了。主问彼得自己是不是看错了,其中的一个骑士旁边是不是有根点燃的蜡烛。"

拉涅罗开始说话了。他现在终于开始生小丑的气了。他伸手抓起一个非常重的酒桶,准备要朝小丑砸过去,但是他控制住了自己,因为他还是想听小丑到底要说他的好,还是说他的坏。

"现在彼得看到了,"小丑说,"他看到虽然帐篷被火炬照亮了，但是其中一个骑士身边的确有一根燃烧的蜡烛。那蜡烛又长又粗，可以燃烧二十四个小时。骑士没有烛台，就捡了几块石头堆在一起，搭了一个烛台。"

这群人听到这里，哈哈大笑了起来。所有人都看着拉涅罗旁边桌上的那根蜡烛，也的确像小丑描述的那样。拉涅罗的脸一下子红了起来，因为这蜡烛是他几个小时前在圣墓点燃的。他一直没有下定决心把它熄灭。

"当彼得看见蜡烛，"小丑说，"他突然恍然大悟，明白主高兴的原因，但是同时，他又觉得为主难过。他说，'这就是今天早上在布洛涅的戈弗雷后跳上高墙的那位骑士，他今晚是在圣墓里，在所有人面前把蜡烛点亮的。''对！'主说，'你看，他的蜡烛仍在燃烧。'"

小丑说得越来越快，偶尔瞅一眼拉涅罗。"彼得变得非常同情主。'难道你不明白为什么蜡烛一直在燃烧吗？'他说，'你肯定觉得他每次看到这蜡烛的时候，就会想到你的受难与死的。但是，当他被认为是继戈弗雷之后队伍中最勇敢的人的时候，他想到的不过是自己的功劳。'"

这时，拉涅罗的客人都笑了起来。拉涅罗非常生气，但是，他还是强颜欢笑。他知道如果自己不笑的话，会更加被大家嘲笑。

"但是，主反驳彼得说，"小丑说，"'你没有看到他在蜡烛旁是多么小心翼翼吗？'主说，'每次有人要掀开帐篷的时候，他都会用手护住火焰，免得蜡烛被熄灭。他也会不断地赶走那些飞蛾，生怕它们在周围飞来飞去把蜡烛给熄灭。'"

笑声变得越来越开心，因为小丑说的都是实事。拉涅罗发现越来越难以控制住自己。他已经受不了任何人拿神圣的蜡烛开玩笑了。

"彼得仍然半信半疑，"小丑说，"他问主是否认识那位骑士。'他不是一个经常去做弥撒的人，也不常常做祷告。'他说。但是，主完全没有动摇自己的观点。

"'彼得，彼得，'主说，'请记住，从今以后这个骑士将会比戈弗雷更加虔诚。若非借着空坟墓，虔诚和温柔又如何产生？你会看到拉涅罗帮助那些可怜的寡妇和囚犯，你会看到他照顾病人和绝望的人们的,因为他现在一直在看护着这蜡烛的火焰。'"

这时,骑士们大声地笑了起来。他们觉得这简直是荒唐可笑,因为他们知道拉涅罗的性格,也清楚拉涅罗的生活方式。但是,拉涅罗却觉得这种嘲讽忍无可忍。他突然站了起来,想要数落小丑。当他站起来时,他使劲敲了敲那张桌子,蜡烛就掉了下来。那桌子不过是平放在几个盒子上的一扇门而已。但是,拉涅罗竟然能够没有让那蜡烛熄灭,可见他多么的细心。他控制了自己的怒气,才有时间抓住了蜡烛。他用针挑了下蜡烛,准备冲到小丑面前。不过,当他搞好火焰,小丑已经冲出了帐篷,而拉涅罗知道在这么黑的夜晚根本就追不到他。"我或许以后会再遇见他的。"他心想,然后坐了下来。

这时,客人们看着他哈哈大笑,其中有一位转向拉涅罗,笑着说:"有一件事很清楚,拉涅罗。这次你不能把战争中最宝贵的礼物献给佛罗伦萨的圣母了。"

拉涅罗问他为什么他这次不能按照老传统来做了。

"没别的原因,"那位骑士说,"你赢得最宝贵的东西就是圣火,那是你在圣墓当着整个军团的面点燃的。你不可能把它送到佛罗伦萨的!"

骑士们又笑了,但拉涅罗为了制止他们的嘲笑,提出了一个没有人会料想到的计划。他很快想出了一个办法,叫了个年老的侍卫,对他说:"准备开始一个长途旅行吧,乔瓦尼。明天,你就出发去佛罗伦萨,带上这圣火。"

但侍卫却直接拒绝了。"这事我可不愿意做,"他说,"带着一根点燃的蜡烛前往佛罗伦萨怎么可能?我还没离开营地,这蜡烛可能就熄灭了。"

拉涅罗一个个都问了,不过每个人都是给了他相同的回答。没有人愿意执行这样的任务。

那些身为骑士的客人们笑得更大声、更痛快了,因为拉涅罗没有找到人执行他的任务。

拉涅罗越想越激动。最后,他失去了耐心,大声喊着:"这圣火一定要带到佛罗伦萨,既然没人去,我自己去!"

"你最好三思!"一位骑士说,"这距离可不近呀。"

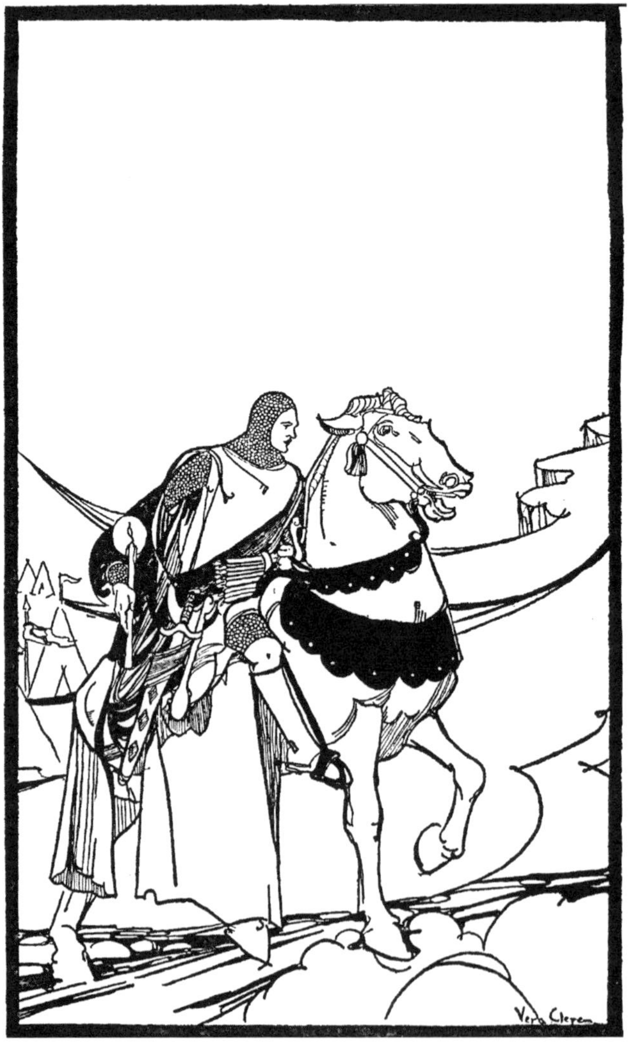
Vera Cleyen

"我发誓会把这圣火带到佛罗伦萨的!"拉涅罗说,"没有人愿意做的,我来做。"

侍卫为自己辩解说:"主人,这是两码事。您去的话,可以带上很多随从,可我去,只能独自前行。"

但拉涅罗并没有考虑他的话。"我也一样,要独自前行。"他说。

拉涅罗这么一说,他的意思大家全都听见了,帐篷里的所有人都停止了笑声。他们只是害怕地坐在那里望着他。

"你们怎么不笑了?"拉涅罗问他们说,"这种事对一个勇士来说,不过如一个孩子的游戏一样简单。"

三

第二天的早上,黎明时,拉涅罗上了马。他全副武装,外面披了件朝圣者的披风,免得钢铁盔甲在烈日下变得过热。他手持长剑,骑着骏马,手上拿着一根正在燃烧的蜡烛。在马鞍上,他挂了几包长长的蜡烛,免得蜡烛烧完导致火焰熄灭。

诺奖童书

拉涅罗骑着马缓慢地走进一条长长的街道,那边到处都是帐篷。他来到这里,一切都还算顺利。在这么早的清晨,整个耶路撒冷周围山谷中的雾气还没有散开,拉涅罗就走在这迷雾中。人们都还在睡觉,拉涅罗很容易就通过那些护卫,并没有任何人注意到他,即使有人还醒着,迷雾也挡住了他们的视线。路上满是厚厚的灰尘,一匹马走过去,任何脚印都不会留下。

拉涅罗很快就到了营外,上了通往约帕的路。那路越来越平坦,不过因为担心蜡烛在这种浓雾中熄灭,他骑得非常慢。虫子不停地绕着火焰飞来飞去,拉涅罗一直在想尽办法护着这火。不过拉涅罗兴致勃勃的,觉得这事容易得一个孩子都能做得到。

这时,马因为走得太慢有些不耐烦,开始跑了起来。火焰随着风闪来闪去。拉涅罗使劲用手,甚至用斗篷来护住它,不过也都不怎么管用。他觉得这样下去火焰很快就会熄灭。

但他没有任何要终止计划的想法。他停下了马,静静

红襟鸟

地坐在那儿想了一会儿。然后，他下了马，脸朝后地坐在了马上，这样他可以用身体挡住风。这样做的确护住了火焰，不过他却发现这项任务比想象的要难多了。

当他越过环绕着耶路撒冷的山，雾也散了。他来到一片旷野，那里没人，没房，没树，没植物，有的尽是石头。

而拉涅罗却遭到了劫匪。那些劫匪属于无业游民，他们常常偷偷地跟着营队，专门以盗窃和抢劫为生。他们躲在一座小山上，因为拉涅罗头朝后地坐在马上，所以他们趁他不注意就包围了他，手里拿着刀剑。

他们大约有十二个人，看起来都极其贫穷，骑着骨瘦如柴的马。拉涅罗看出自己很难冲过这么一群人的包围了。经过前一个引以为豪的夜晚，拉涅罗更加不愿意轻易放弃这项任务。

他发现自己除了妥协，没有其他任何逃生的方法。他告诉他们说，因为自己是全副武装，而且骑着一匹骏马，他们很难打败他。但是因为他发了誓，他不希望抵抗，而是一动不动地由他们抢夺，只是要求他们答应不要熄灭蜡烛的火焰。

劫匪好像在等待着一场争斗，他们听到拉涅罗的提议非常高兴，便立刻掠夺起他的财物。

他们抢走了他的盔甲、武器和金钱。唯一留给他的就是一件披风和两捆蜡烛。不过他们的确履行了自己的承诺，没有熄灭蜡烛的火焰。

一位劫匪骑上了拉涅罗的马。当他注意到那是多么好的一匹马时，他对骑这匹马的人有点不好意思，他大声朝拉涅罗叫了一声说："我们不能对一个基督徒如此残忍的，我的那匹老马给他骑吧。"

那是一匹老马，看起来瘦弱、疲惫又可怜，行动非常缓慢，身体僵硬得像一头木马。

当劫匪都走了之后，拉涅罗骑上了这匹老马，对自己说："我一定是因为这蜡烛的火焰才遭受到这么多的不幸。为了这火焰，看来我这一路就像一个乞丐一样了。"

他觉得回头肯定是明智之举，因为这项任务实在太难了。但是，那种要完成这项任务的愿望变得越来越强烈，他根本就无法放弃。他仍然继续向前行，而在他面前的依然是那光秃秃的山丘。

过了一会儿，他遇到一个牧羊人，放着四只羊。当拉涅罗看到这些羊在盯着这贫瘠的土地时，他想除了黄土，它们还有什么吃的。

这牧羊人曾经拥有一大群羊，那些羊被十字军给抢走了。当他看到一个孤独的基督徒骑着马朝着他走来时，他愤怒地冲到他面前，拿起手中的杖就要去打翻那燃烧着的蜡烛。拉涅罗是那么执着于那蜡烛的火焰，所以连一个牧羊人都没有办法去抵抗。为了护住那火焰，他把蜡烛握在了胸前。牧羊人好几次几乎击中蜡烛，但最后还是停了下来，不再打了。他注意到拉涅罗的披风已经着了火，而拉涅罗看到这火却没有任何行动，因为他怕神圣的火焰也被同时熄灭。牧羊人看起来似乎感到有些惭愧。好长一段时间里，他只是一直跟着拉涅罗。到了一个地方，那里的路非常窄，两边又都是深水沟，那牧羊人还上前来给他牵马。

拉涅罗笑了，他心里想，这牧羊人肯定把他当成了一个自愿忏悔的朝圣者了。

到了晚上,拉涅罗就看到了人。耶路撒冷陷落的传闻已经传到了海岸,一群人立即准备好要赶往那里。那些朝圣者们多年都在等待着要进入耶路撒冷,他们大多都是要运送货物的商人们。

当这群人看见拉涅罗脸朝后地骑着马,手里拿着一根燃烧着的蜡烛时,他们大声喊叫说:"疯子,疯子!"

他们大多为意大利人,拉涅罗听懂了他们在用方言喊着"疯子"两个字。

拉涅罗虽然保持冷静已一天了,但还是被他们持续的喊叫激怒了。他立刻跳下了马,举起拳头朝那些人打去。他们看到那拳头的厉害,全都逃走了,剩下拉涅罗孤零零地站在马路的中央。

现在,拉涅罗又变成了一个人。他说:"事实上,他们喊我疯子也没错。"然后一边在寻找那蜡烛。他不知道蜡烛到哪里去了。他都不知道把它怎么了。最后,它发现蜡烛掉进了一个水池,火焰已经熄灭了。不过在那水池旁边的干草地上,却有一簇火在烧着。他发现自己实在非常幸运,因为蜡烛在熄灭前,已经把旁边干草点燃。

"这事虽不光彩,不过至少结束了一堆的麻烦。"他心里想,一边点燃了蜡烛,骑上了马,觉得有些尴尬。对他而言,这个任务好像实现不了了。

到了晚上,拉涅罗来到了一个朝圣者们夜间休息的地方。那里有一个大院子。周围是很多不大的马桩,供游客拴马用的。那里没有房间,但游客可在马边休息。

那地方挤满了人,但主人却给拉涅罗和他的马找到了位置,而且还给拉涅罗提供了食物,也给马喂了饲料。

拉涅罗受到如此好的招待,心想:"我相信盗匪把我的盔甲和马都抢走其实反而帮了我一个忙。万一这里的人认为我是个疯子的话,少了些行囊却更容易逃离。"

他把马牵到马桩,就坐在了稻草上,手里拿着燃烧着的蜡烛。他本来计划一夜不睡的。但是,一坐下,他很快就睡着了。因为疲惫,他一躺下就睡到了天亮。

当他醒来时,他既没有看到火焰,也没有找到蜡烛。

"肯定有人把蜡烛拿走，把它熄灭了。"他说。他使劲劝说自己一切都已经过去了，他也不用再继续去完成这项任务了。

不过想到这些，他顿时感觉非常空虚和失落。他想自己以前还从来没有像现在这样渴望完成一件事情过。

他把马牵了出来，装上马鞍。

当他正要准备离开时，这间店的主人拿着那燃烧着的蜡烛走到了他的面前。他用法兰克语说："你昨晚睡着了，我就把这蜡烛拿走了。还给你。"

拉涅罗什么表情都没有表露出来，只是非常平静地说："你把火熄灭了，还是很明智的。"

"我一直都没有让它熄灭，"那人说："你来的时候，我就注意到它在燃烧，所以我觉得让它这样一直燃烧着可能有什么重要的意义。你看看蜡烛剩下的长度，你就知道它已经烧了一夜了。"

拉涅罗听到非常开心。他感谢了那位店主，兴高采烈地离开了那里。

四

拉涅罗离开耶路撒冷的营地时，本打算经海路从约帕前往意大利的。不过在他的财物全被抢走之后，他决定改走陆地。

那真是一段漫长的旅程。他从约帕一直向北走去，沿着叙利亚的海岸，然后再沿着小亚细亚半岛向西行，一直到君士坦丁堡。从那里，他仍然还要走很长的路才能到达佛罗伦萨。在整段旅程中，拉涅罗依赖的是虔诚信徒的爱心奉献。那些给他面包的人都是一起前往耶路撒冷的朝圣者们。

他虽然几乎一直是一个人，但是一点也没觉得路途漫长又单调。因为要守着这火焰，他一直没有办法放松自己——一点微风，一滴雨，都有可能把它给熄灭。

拉涅罗独自骑马走在路上时，心里只想着要让这火焰一直燃烧着，突然他觉得自己好像曾经经历过一件类似的事情。他曾经见过一个人，守护着一样东西，就像此刻他守护着这蜡烛一般小心翼翼。

回忆如此模糊不清，他觉得仿佛那是梦里发生的一般。

不过这一路上，那记忆一直在提醒他，他曾经遇到过一次类似的事情。

"就好像我的过去除此之外再没别的了。"他说。

一天晚上，他进入了一个城市。那是在太阳落山后，妇女们一个个站在自己的家门口，等着丈夫回家。然后，他注意一个身材苗条，带着渴慕的目光的妇女。那妇女让他想起了弗朗西斯卡。

瞬间他就明白了他一直想到的是什么。他想到的是弗朗西斯卡对他的爱，她的爱正像那蜡烛的火焰一样，她曾一直希望它能够继续燃烧着，唯恐拉涅罗将它熄灭。想到这里，他觉得非常惊讶，但是越发明白这就是问题的所在。他平生第一次明白了为什么弗朗西斯卡要离开他，为什么她根本就不在乎他的丰功伟绩。

拉涅罗这一路花了很长的时间。其中的一个原因是，在天气不好的时候，他根本就不敢动身，只能乖乖地坐在旅店里，守着那火焰。那些日子确实不好过。

红襟鸟

有一天，当他来到黎巴嫩山上，他看到一场暴雨即将来到。他骑着马走在陡峭的山坡上，离人们居住的地方还有很远的距离。在山上，他看到一块岩上有一个穆斯林的坟墓，石头形状，上面还有一个拱形的顶。他发现那正好可以避雨。

他一进去，暴雨就来了，而且持续了两天两夜。天气变得如此寒冷，几乎可以把他冻死。

拉涅罗知道山上有很多干树枝，取过来很容易生火。但是他认为这蜡烛的火焰非常神圣，所以不想用它来点燃任何别的东西，除非在圣母的坛前。

暴雨越来越大，后来他还听到了雷声，看到了闪电。

一道闪电划过那山，将墓前的一棵树点燃。这样，他生了火，无需借用神圣的火焰。

拉涅罗走在西利西亚山区一段荒无人烟的地方，他的蜡烛用完了。从耶路撒冷带来的蜡烛其实早就用完了。不过因为他一路上遇见很多基督徒，从他们那里要了一些蜡烛来，所以后来倒是维持了一阵子。

不过，现在他的蜡烛真的全都用完了，他觉得这个任务也即将结束。

那蜡烛烧到几乎没了，甚至已经烧到他的手了。他立刻从马上跳了下来，把那些干树枝和干树叶堆在了一起，用这一点点的火焰把它们点燃。但是在山上是很难生火的，而火焰很快就要熄灭了。

这圣火即将熄灭，他悲痛地坐在那里。他听到路上传来歌唱的声音，一支朝圣者的队伍从陡峭的路上走了过来，手里拿着蜡烛。他们在去往圣人所居住的一个洞穴，拉涅罗则跟在了他们的后面。在那些朝圣者中，有一个年长、走路困难的老妇人，拉涅罗就把她背到了山上。

当那老妇人后来向他表示感谢的时候，他做了一个手势给她，希望能要她的蜡烛。她把蜡烛给了他，同行的其他几个人也把拿着的蜡烛给了他。他把它们都熄灭掉，迅速沿着陡峭的山路走了下来，然后再用刚刚圣火点燃的那一点点火花去点燃其中的一支蜡烛。

红襟鸟

有一天中午的时候,天气非常的温暖,拉涅罗躺在一个灌木丛里睡着了。他睡得很香,蜡烛就在旁边隔了几块石头远的地方。当他睡着了一会儿后,下起了雨来,而且下了一阵子,他都没有醒来。当他醒来时,周围的地面已经完全湿了,他几乎不敢朝蜡烛看上一眼,生怕看到它已经熄灭。

但火焰在这雨中仍然持续地燃烧,拉涅罗看到有两只鸟一直在火焰上面飞来飞去,用自己的嘴巴时不时挑拨着烛芯,用自己的翅膀给火焰遮雨。

他立刻摘掉自己的帽子,罩在蜡烛上面。随即他伸出手去够那两只鸟,但两只鸟都没有飞走。拉涅罗十分惊讶,因为它们根本不怕他。"它们知道我只是希望摸一摸它们而已,所以它们不害怕我。"他想。

拉涅罗走在比提尼亚的尼西亚附近。在这里,他遇到了一些西方人,他们和新加入要去圣城的人在举行一个派对。其中有一个人叫罗伯特·塔耶费，他是一位流浪的骑士和行吟诗人。

拉涅罗穿着已经破烂了的披风，骑着马，手里拿着蜡烛，这些士兵喊了起来："疯子，疯子！"但是，罗伯特让他们安静下来，然后对拉涅罗说了几句话。

"你已经走了很远的路程了？"他问道。

"从离开耶路撒冷到此，我一直都是这样走的。"拉涅罗回答说。

"火焰在旅途中灭了多少次了？"

"这火焰还是在离开耶路撒冷的时候点燃的。"拉涅罗回答说。

然后，罗伯特·塔耶费对他说："我也是一个带着燃烧的火焰的人，我希望它一直都会燃烧。不过从耶路撒冷到这里，你竟然都没有让它熄灭，一定要告诉我怎么做到的。"

拉涅罗回答说："这虽然看起来不是很重要，但却是一件非常难的任务。为了这小小的火焰，我几乎什么别的都不能做了。我没有办法享受任何东西,我也不敢有丁点松懈。一路上,我心中只有这火焰,没有别的。最大的一个困难是,我要随时做好面临失败的准备,时刻警醒着。"

但罗伯特·塔耶费骄傲地抬起头回答说:"我要效法你为圣火所做的。"

拉涅罗到了意大利。一天,他骑着马走在山里的小道上。一个妇女跑在他后面,追着他,求他借火。"我们家的火灭了,"她说,"孩子们都饿了。请借我个火,好让我生炉子给孩子们做点吃的!"

她伸手要去靠近那燃烧的蜡烛,但拉涅罗立刻拿了回去,因为除了圣母前的蜡烛之外,他不想让这火焰点燃别的任何东西。

妇人对他说:"朝圣者,借我个火吧,因为我孩子的生命就像这火焰一样,我有责任要让他们一直燃烧着!"因为这些话,他准许那妇人借着蜡烛的火焰,点燃了她的油灯。

几个小时后,他来到一个小镇上。那小镇坐落在一座非常寒冷的山上。一个农夫站在路上,看见马上骑着一个穿着破烂衣服的穷苦人。他很快脱掉披风,要给他披上。不过披风直接盖到了蜡烛上,把火焰给熄灭了。

拉涅罗想起刚刚借火的那位妇女。他转回去找到了她,重新又把蜡烛点燃。

当拉涅罗准备离开的时候,他对她说:"你说你要守护的圣火就是孩子们的生命。那你能告诉我从远方带过来的这蜡烛火焰应该叫什么好呢?"

"你的蜡烛在哪里点着的?"妇女问。

"从基督的圣墓。"拉涅罗说。

"那么它可以被称为温柔之火和仁爱之火。"她说。

拉涅罗听到答案后笑了起来,感觉自己成了位有良善的使徒。

拉涅罗走在美丽的山间。离佛罗伦萨已经不远了,他心想自己很快就要与那火焰分离了。他想到了耶路撒冷的帐篷，在那里留下来的那些奖杯。他想到了那些仍然在巴勒斯坦的勇士，他们肯定愿意欢迎他加入战斗的队伍，为荣誉再继续奋战。

不过他想到这些时，却没到感到任何的快乐。

他平生第一次发现自己已经不是刚从耶路撒冷出来时那个拉涅罗了。带着圣火，他已经变得越来越喜悦和平，智慧与善良，也变得厌恶野蛮与战争。

每每想起那些在家里平平安安劳作的人时，他多么希望自己能重回佛罗伦萨，重新回到自己家的作坊里，经营原本的生意。

"这火焰已经重建了我，"他想，"我相信它已经让我成了一个新的人。"

五

拉涅罗骑着马走进佛罗伦萨时，正值复活节季。

他还没有进入城门，一个乞丐就站了起来，大声喊道："疯子！疯子！"因为他倒着骑着马，帽子遮住了脸，手里还拿着一根燃烧着的蜡烛。

乞丐这么一喊,街头流浪的年轻人都冲出了门口,两个天天躺在那儿看着蓝天白云的人也站了起来,一起喊着:"疯子,疯子!"

现在有三个人都在喊叫,而且声音喊得非常大,街上无所事事的年轻人都被叫醒了。人们从四面八方的角角落落里冲了出来。当他们看到身穿破烂衣服,骑着一头疲惫不堪老马的拉涅罗时,他们也跟着喊了起来:"疯子,疯子!"

不过,拉涅罗对此已习以为常。在那条街上,他仍然慢慢地骑着这马,好像根本就没有听到谁在朝他喊叫一般。

这些人并不满足于大喊大叫,其中一人竟然跳起来,想要把蜡烛熄灭。拉涅罗把蜡烛举得高高的,同时拽着马缰,希望能赶紧躲开。

那些年轻人跟上了他,使劲地要把蜡烛熄灭。

他越是要保护那火焰,他们越是变得兴奋。他们骑到其他人的背上,使劲地吸了口气,然后再使劲地朝那蜡烛

红襟鸟

吹去。有的用帽子去煽那蜡烛。因为人非常多,他们自己挤成一团,最后也没能熄灭火焰。

那时的大街可以用人满为患来形容了。大家坐在窗户边一直笑。没有人同情这位守护着蜡烛火焰的疯子。到了礼拜时间,许多的信徒都在赶往教堂做弥撒。他们也停下来嘲笑着所发生的一切。

不过现在,拉涅罗站在马鞍上,站得高高的,希望能保护蜡烛的火焰。他看起来有些失控,帽子掉了,脸上露出疲惫与沧桑的表情。他用尽全力把手上的蜡烛举得高高的。

整个街道到处都是人,甚至一些年长的都加入了进来。妇女们挥舞着自己的头巾,男人们拿着自己的帽子,甩来甩去,每个人都想把那火焰熄灭。

拉涅罗骑着马来到一个结满了藤蔓的阳台。那里站着的一个妇女一下夺走了蜡烛,跑进了屋子。那妇女就是弗朗西斯卡·乌贝蒂。

一时间笑声、喊声、尖叫声不断,但是坐在马鞍上的拉涅罗身体歪了一下，就直接从马鞍上摔了下来。

他躺在那里没有了知觉，街上的人渐渐散开，整个街道很快变得空无一人。

没有人过来搀扶一下倒在地上的拉涅罗，除了留在他身边那匹马。

当人们都离开之后，弗朗西斯卡从屋子里走了出来，手里拿着那燃烧的蜡烛。她还是那么漂亮，温柔，眼睛里流露出诚恳。

她走到拉涅罗前，弯下腰。拉涅罗躺在那里毫无知觉，但是当那烛光照在他脸上时，他微微地动了动，很快就苏醒了，看来这蜡烛火焰的确给了他力量。弗朗西斯卡看到他醒来后说："这是你的蜡烛。是我把它夺走的，因为我看到你是多么希望火焰能够继续燃烧。除此之外，我也不知道用其他什么方法来帮助你。"

拉涅罗因为从马上重重摔下来，受了伤。但现在没有什么可以拦阻他，他开始慢慢地站了起来。他试图走上一步，却发现自己摇摇晃晃，差点儿又一次摔倒。接着，他

红襟鸟

尝试着上马,弗朗西斯卡在一旁扶了他一把。坐上马后,弗朗西斯卡问他说:"你想要去哪里呀?"

"我想去教堂。"他回答。"我陪你去,"她说,"因为我也要去那里。"她为他牵着马。

弗朗西斯卡一看到拉涅罗就认出了他,但拉涅罗却没有认出她,因为他根本就没有去注意她。他两眼注意的只是那蜡烛的火焰而已。

他们一路上一句话都没有说。拉涅罗想的只是那火焰,想着在最后的这段时间里如何能守护住这火焰。弗朗西斯卡也没有开口,因为她不敢肯定所担心的事情会不会发生。她简直不敢相信,但是拉涅罗这次回家确实有些不太正常。她不敢肯定,不过她不愿意跟他说话,生怕最后发现他的确疯了。

过了一会拉涅罗听到有人在他旁边哭泣。他向周围看了看,竟发现走在他身边的是弗朗西斯卡·乌贝蒂。但拉涅罗只看了一看,却什么话都没有说。他只希望能想着这圣火。

拉涅罗让弗朗西斯卡送自己到祭衣间。他在那里下了马,他感谢弗朗西斯卡对她的帮助,不过一直都没有去看她一眼,仍然是一直在盯着圣火。他独自一人走到祭衣间祭司那里。

弗朗西斯卡进入教堂。在这复活节前夕,所有摆在祭坛上的蜡烛都还没有点燃,这是作为哀悼的一种标志。弗朗西斯卡认为,心中所有希望的火焰此时都已经熄灭了。

在这肃静庄严的教堂中,祭司们都在祭坛那边坐着,而主教和其他的教士则在祭坛旁边的圣坛坐着。

弗朗西斯卡发现祭司中突然出现了一阵骚动。几乎所有没有参与服侍的人都站了起来,进了祭衣间。后来,主教也进去了。

当弥撒结束后,祭司走上了圣坛,开始面对会众说话。他说拉涅罗从耶路撒冷带着圣火来到佛罗伦萨。他讲述拉涅罗在一路上经历的艰难困苦,表扬他在护火过程中表现出的勇敢与坚强。

会众听得津津有味。弗朗西斯卡从来没有感到如此幸福。"上帝啊!"她赞叹道,"我从来没有觉得这么开心过。"她听着,眼泪一直往下流。

祭司讲得很长,却讲得很好。最后,祭司非常激动地说:"把这燃烧的火焰带到佛罗伦萨或许看起来是一件微不足道的小事,但是,我对你们说,我们要祈求上帝将更多的带着神圣火焰的人送到佛罗伦萨来,让这座城市变成一个和平的城市,一个蒙受祝福的城市。"

祭司讲完,教堂的大门敞开了。教士、修道士和祭司们都一起来到中间的过道上,慢慢地走向圣坛。主教走在最后,走在他身边的正是拉涅罗,他仍然穿着路上穿的那件披风。

当拉涅罗越过大教堂的门槛时,一个老人突然站起身,走到他的身边。那个人是奥多,他的儿子曾经是拉涅罗家的雇工,而且因为拉涅罗上吊死了。

这人来到主教和拉涅罗身边,首先向他们鞠了一躬,然后大声说:"拉涅罗把这火焰从耶路撒冷带到佛罗伦萨的确是一件伟大的事情。不过这样的事情以前我们从未见过,也从未听过。我相信肯定有很多人一样，都会觉得这有点不可能。所以，我觉得在座的每一位都希望拉涅罗证明一下这火焰是否是在耶路撒冷点燃的。"他的声音大到整个教堂的人都听到了。

拉涅罗听到这里，心里说："上帝帮帮我！我怎么能证明这件事呢？我一路上都是一个人。只有沙漠和山川可以给我作证。"

"拉涅罗是一个诚实的骑士，"主教说，"我们相信他的话。"

"我相信拉涅罗本人肯定也会料到大家的怀疑。"奥多说，"当然，他也不可能一路上只是一人的。总会有人为他作证的。"

弗朗西斯卡跑到了拉涅罗身边。"为什么需要证人呢？"她说，"所有佛罗伦萨的妇女都会发誓拉涅罗讲的是真的！"

拉涅罗这时脸上露出了微笑，看起来也平静了许多。他又想到了那蜡烛的火焰，看了看。

红襟鸟

教堂里又出现了一阵骚动。有人说，拉涅罗如果不能证实，是不能去点亮在祭坛上的蜡烛的。他过去那些敌人也都表示支持。

雅格布·乌贝蒂则站在了拉涅罗那边，他说："我相信这里的每个人都知道我和我的这位女婿关系并不融洽，但是现在我和家人要替他说句话。我们相信他完成了这个任务，我们也认为能够承担这项任务的人是一位智慧的人，也是一位崇高的人。我们全家都愿意欢喜地接纳他。"

但奥多和很多其他人却不愿让他得到他所追求的祝福。他们聚集在一起，根本不关心是否有人愿意听他们的意见。

拉涅罗知道，如果他们吵起架来，肯定会去动这蜡烛。他定睛在那些敌对的人身上，同时把蜡烛举得高高的。

他看上去非常疲惫，非常难过。他希望撑到最后，不过他知道自己会面临失败的。如果他真的去点燃那些蜡烛，对他来说有什么影响呢？奥多的话就好像致命的一击。一旦大家对他产生了怀疑，怀疑就会扩散和升级的。他幻想着奥多已经把熄圣火熄灭了。

一只小鸟突然拍着翅膀从教堂的大门飞了进来。它径直飞到拉涅罗的火焰那里。拉涅罗还没有来得及去赶它走,那只鸟就已经把火焰给扑灭了。

拉涅罗的手放了下来,眼泪直流。他第一次地觉得一身轻松。这比任何人把它熄灭掉要好很多。

小鸟继续在教堂里飞来飞去,使劲地拍打着翅膀。

这时,教堂里传来一个很大的叫声:"这鸟着火了,圣火已经把它的翅膀点燃了!"

小鸟着急地喳喳叫。它在圣坛上方的拱门那里使劲挣扎了一阵子,看起来如一团闪烁着的火焰。然后就摔倒在了圣母像前,死了。

但是,小鸟掉到圣坛时,拉涅罗已经站在了那里。原来,他使劲从会众中间冲了过去,没有人能阻止得了他,他借着那只鸟翅膀上的火花,把圣母像前的蜡烛点燃了。

然后主教就举起手中的杖,宣告说:"这是上帝的旨意!上帝亲自为他做了见证!"

红襟鸟

教堂里所有的人，无论是他的朋友还是他的敌人，再没有一个人去怀疑或者反对。他们一同喊着说："这是上帝的旨意！上帝亲自为他做了见证！"

关于拉涅罗，只有一个传说讲到他后来生活富足，为人智慧，小心谨慎，乐善好施。但佛罗伦萨人总是称他为"疯子拉涅罗"，以纪念那个曾经有点不正常的拉涅罗。这个称呼成了他的荣誉称号。因为这称呼，他建立了一个称为帕齐的朝代，而这个名称一直用到今日。

仍然值得一提的是，佛罗伦萨每年在复活节前夕都有一个传统，人们会过节来纪念拉涅罗将神圣的火焰带回家的经历，而且他们还会让一只假的着火的鸟在教堂里飞来飞去。这个节日一直存留至今，没有什么改变。

很多人会说，佛罗伦萨那些带着圣火的人，成就了这座辉煌的城市，他们把拉涅罗作为了榜样，学习他那乐于牺牲和甘愿忍受的品格。关于这一点，在这里就不多讲了。

因为在黑暗时期，从耶路撒冷而来的议神圣的火焰的作用，既无法测量，也无法计算。

诺奖童书

第一辑

1. 许愿树　　　　　　〔美〕威廉·福克纳

2. 夜莺之歌　　　　　〔法〕勒克莱齐奥

3. 树国之旅　　　　　〔法〕勒克莱齐奥

4. 如梦初醒　　　　　〔英〕高尔斯华绥

5. 我的小狗　　　　　〔英〕高尔斯华绥

6. 爱尔兰童话故事　　〔爱尔兰〕叶芝

7. 原来如此的故事　　〔英〕吉卜林

8. 丛林故事　　　　　〔英〕吉卜林

9. 红襟鸟　　　　　　〔瑞典〕塞尔玛·拉格洛芙

10. 蜜蜂的生活　　　 〔比利时〕梅特林克